붉은 등, 닫힌 문, 출구 없음

붉은 등, 닫힌 문, 출구 없음 1 (큰글씨책)

초판 1쇄 발행 2018년 3월 12일

지은이 김비
펴낸이 강수걸
편집장 권경옥
펴낸곳 산지니
등록 2005년 2월 7일 제 333-3370000251002005000001호
주소 부산광역시 해운대구 수영강변대로 140 BCC 613호
전화 051-504-7070 | 팩스 051-507-7543
홈페이지 www.sanzinibook.com
전자우편 sanzini@sanzinibook.com
블로그 http://sanzinibook.tistory.com

ISBN 978-89-6545-496-0 04810
      978-89-6545-495-3 (세트)

* 책값은 뒤표지에 있습니다.
* 이 도서의 국립중앙도서관 출판예정도서목록(CIP)은 서지정보유통지원시스템
홈페이지(http://seoji.nl.go.kr)와 국가자료공동목록시스템(http://www.nl.go.kr/
kolisnet)에서 이용하실 수 있습니다.(CIP제어번호: CIP2018006740)

큰글씨책

붉은 등, 닫힌 문, 출구 없음 1

김비 장편소설

산지니

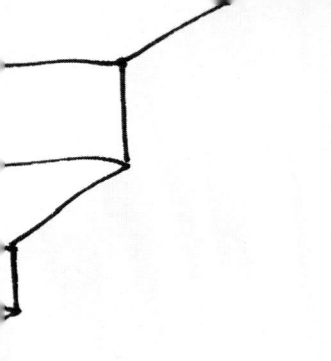

차례

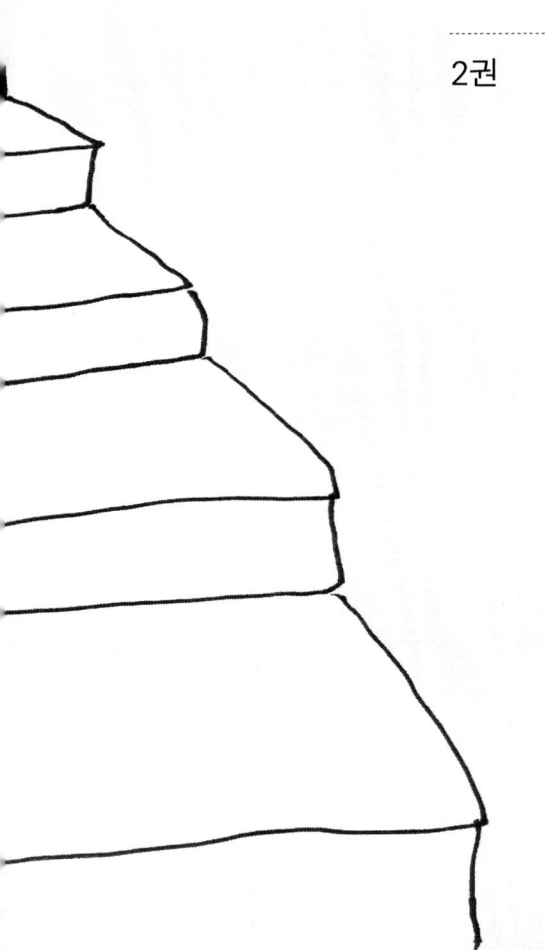

벌레

문이 닫히자, 세 사람이 섰던 좁은 공간은 순식간에 어둠 속으로 사라졌다. 진흙 같은 빛이었고 이상한 암흑이었다. 그들을 뒤덮은 묵직한 어둠은 지독히도 끈적거렸다. 늪에 몸을 빠트린 듯 버둥거리기라도 하면, 살아 있는 것들은 모두 더욱 깊은 곳으로 침잠할 듯했다. 그런데 검은 허공 속에 움직이는 것이 있었다. 벌레였다. 환형(環形)의 기다란 몸통을 지닌.

남수는 아무것도 보이지 않는 암흑 속으로 이리저리 목을 뺐다. 살집이 없어 기다랗기만 한 그의 목덜미엔 힘줄조차 보이지 않았다. 퀭한 눈을 크게 뜨고 그는 더욱 다급하게 주위를 둘러보았다. 태초의 빛깔로 뒤덮인 세계 속에 미끄러지듯 꿈틀거리고 있는 그것을 눈으로만 쫓았다. 그가 벌레를 쫓고 있는 것이 아니었다. 벌레가 그를 쫓고 있었다.

"여보?"

"가만히 있어."

"뭐야, 이거? 이거 뭐야, 여보?"

겁에 질린 그녀가 어둠 속에서 남수의 팔뚝을 더듬었다.

"가만히 있어보라니까!"

그의 외침을 신호로, 멀리서 육중한 소리가 들려왔다. 거대한 두 개의 덩어리가 낙하해, 단단한 면에 부딪히는 소리였다. 질식할 것만 같은 암흑을 뚫고 집요하게 파고드는 울림이었다. 순간 어둠에 갇힌 사방이 몸을 떠는가 싶더니, 그들의 머리 위에서 파팍 불꽃이 튀었다. 비상등이었다. 그런데 이상하게도 붉은 빛이었다. 침이 고이는 주홍색 불빛은 순식간에 작은 공간을 삼켜버렸다. 두려움에 떨고 있던 세 사람은 이제 빛의 피를 뒤집어썼다. 시뻘건 불빛 아래 겁에 질린 아내의 모습이 어쩐지 사자(使者)를 닮았다고 남수는 생각했다.

"환이 아빠?"

"조용히 좀 해보라고!"

두려웠던 것은 그도 마찬가지였다. 그의 눈앞엔 여전히 벌레들이 어른거렸다. 이제는 타오르는 듯 주홍빛 허물을 지닌 벌레였다.

"환이 아빠!"

"알았다고, 알았어!"

허공을 더듬거리며 남수는 닫힌 문으로 다가섰다. 붉게 물들어 낯설게만 보이는 문 앞에 서니, 그의 발밑에 와작 깨진 플라스틱 조각이 밟혔다. 좀 전에 그가 내던졌던 아내의 휴대폰이었다. 여러 번 바닥을 튕기며 뒹굴었던 덩어리는 검붉은 뱃속을 토해놓고 동강 나 있었다. 그는 천천히 껍데기뿐인 기계의 시체를 집어 들었다. 시커먼 화면 속 유리의 흉터 위로, 붉은 피라도 흐르는 듯했다. 어쩐지 그것은 그의 손바닥까지 흘러 시뻘겋게 물들이고 있는 것 같았다.

남수는 황급히 철문의 손잡이를 움켜쥐었다. 있는 힘을 다해 이리저리 비틀었다. 두 손으로 부여잡고 다시 또 돌렸지만, 소용없었다. 비상시에는 저절로 닫히는 문이었는지, 아니면 처음부터 바깥에서는 열리지 않는 문이었는지 차갑게 잡힌 동그란 손잡이는 찔끔 돌아가고는 그만이었다. 다시 팔을 들어 온 힘을 다해 두드리고 발길질을 하며 다시 또 더듬거리다가, 그는 더욱 차가워진 그것을 손바닥으로 후려쳤다. 넋을 잃은 사람이라도 깨우려는 듯 그의 손길은 다급했다.

"여보세요, 여보세요! 거기 누구 없어요? 여기 사람 있어요, 여기 사람 있다고요!"

환이를 끌어안은 채 떨고만 있던 지애가 그의 곁으로 다가와 문을 두드렸다. 그러나 힘없이 몇 번 팔을 들어 올리고는 그만이었다. 무엇이든 쉽게 포기하고 마는 그녀답다고 남수는 생각했다. 그리고 보면 불치와 만성이라는 핑계는 유일하게 아내를 살게 했던 것이었다. 치열하고 지독하지 않으면 살아남을 수 없을 이 전장 같은 시대에, 그녀는 언제나 그렇게 이불 속에서 하루 대부분의 시간을 허비하곤 했다.

"그게 들릴 것 같냐?"

야유라도 하듯 남수의 입가가 찌그러졌다.

"그럼 어떡해?"

울음을 입에 문 지애가 그의 손에 있던 휴대폰을 황급히 낚아챘다. 차가워진 전원 버튼을 다급하게 눌렀지만, 기계는 이미 회생불능이었다. 그녀의 것이었으니, 그녀를 닮아 회생불능. 그녀를 등진 채, 남수는 이제 아예 문 앞에 주저앉아버렸다.

"이거 어떡할 거야, 당신이 내던지는 바람에 다 망가졌잖아? 이게 없으면 이제 우리 여기서 어떻게 나가냐고!"

그는 아내에게도 의지가 있다는 사실이 놀라웠다. 언제나 생(生)은 그녀의 것이 아니었다. 새벽 출근길에 그를 배웅했던 것도 시체처럼 침대 위에 모로 누운 그녀의 등이었고, 무거워진 몸을 끌며 간신히 집에 돌아온 그를 맞이한 것도 텅 빈 집에 홀로 켜진 낡은 등(燈)이었다. 방이 부엌이고 부엌이 거실이며 화장실이 세탁실이고 세탁실이 욕실인 지하 월세집도 좁았지만, 그녀는 잔뜩 쪼그라든 세상을 더욱 웅크린 채 버텨내고 있었다.

"불이 난 건가? 설마 전쟁이 난 건 아니겠지?"

그녀에게 살아 있는 것은 언제나 망상뿐이었다.

"그 뭐야, 핵발전소가 터진 건 아니겠지? 중국에서 말이야, 여보. 미세 먼지가 날아오듯 방사능 분진이 바람을 타고 순식간에 한반도를 뒤덮는다잖아? 그런 건 아니겠지, 여보?"

망상 속에 들어앉아, 그렇게 그녀는 무수히도 많은 종말을 꿈꾸었다. 종말의 공포로 인해 몸을 떨며 눈을 떴다가, 다시 종말을 꿈꾸며 잠이 드는 그녀의 일상.

"우리 이제 어떡해, 어떻게 하냐고! 흑흑."

허물어지듯 그녀가 얼굴을 파묻었다. 침이라도 뱉듯 남수는 고개를 외로 틀고 입술을 죽 내밀었다.

어느 누군가는 처연하게도 집주인에게 지폐 몇 장을 남겨놓고 갔는지 모르지만, 나는 최초이자 마지막인 나 자신만의 의식(儀式)으로 이 생을 끝내고 싶었다. 하지만, 여기까지 와서는 안 되는 일이었다. 이미 묘지꼴이었던 지하 월셋방에 나란히 누워 조용히 끝내면 되는 일이었는데. 애초에 계획했던 대로 모두들 수면제를 나누어 먹고 연탄불을 피워놓으면 지리하고 거추장스러운 이 따위 삶들은 자연스레 소멸하고 말았을 텐데.

지나간 시간이 혓바닥처럼 늘어졌다. 생전 연락도 않던 친구들에게 전화를 걸어 훌쩍거리던 아내의 목소리가 자꾸 날름댔다.

"뭘 좀 해보란 말이야! 어떻게 해야 하는지 생각을 좀 해보라고! 맨날 이렇게 무기력하게 앉아 있지만 말고, 뭘 좀 해! 하라고!"

지애가 그의 무릎을 잡고 흔들었다. 그러나 그는 눈앞에 둥둥 떠다니는 벌레만 보고 있었다. 핏빛 허물을 벗으며 다시 태어난 벌레, 쫓을 필요도 없이 언제든 그를 쫓게 될 무명의 벌레. 무릎을 마구 흔들고 있는 그녀의 손짓에 떠밀려, 남수는 아예 바닥에 드러누웠다. 차가운 바닥에 누워서도 그는 두 눈을 질끈 감아버렸다.

어차피 인생이란 고작 이 따위 것이 아닌가? 저 문 밖으로 나간다고 하더라도, 우리를 기다리고 있는 것은 벼랑 끝에 몰린 생이 아닌가?

뜨끈한 장판 위에라도 누운 듯 그는 아예 팔짱을 꼈다. 무릎을 붙이고 두 다리를 잔뜩 잡아당겨, 태초의 몸짓을 흉내 냈다. 언제나 그러했듯 어떤 놈은 죽고 어떤 놈은 살아남겠지. 어떤 놈은 탈출하고 어떤 놈은 평생 이렇게 갇혀만 있겠지.

목청껏 소리치는 그녀의 몸짓은 작은 공간을 흔들며 울고 있었지만, 오히려 남수는 슬그머니 웃음이 났다. 참으로 오랜만이었다. 원치도 않은 고민이나 생존의 중압감으로부터 벗어나, 이렇게 편히 누워 있을 수 있다니 어쩐지 절로 신이 났다. 그는 움츠린 몸을 더욱 동그랗게 말아 몸을 굴렸다. 벽 쪽으로 돌아누워 고개를 한껏 숙이고는 어깻죽지로 귀를 막았다. 깨질 듯한 그녀의 비명을 등지고 있으니, 붉은 벽 앞에 고요가 참으로 달콤했다.

기다렸다는 듯 그의 입꼬리가 치켜 올랐고, 그의 등 뒤에서 그의 아내는 벌레를 잡듯 쓰러진 그의 몸통을 계속해서 두들기고 있었다.

1

위

붉은 빛이 뭉쳐진 구석에 등을 기대고 앉아, 이제 여섯 살이 된 환이는 허리춤에 작은 가방을 만지작거렸다. 남수는 허리를 굽혀 아이가 뒤적거리고 있는 것을 잡아당겼다. 작은 가방에 끌려 아이의 몸이 쑤욱 딸려 올라왔다. 옷이나 책가방에 장식품처럼 매달린 것인 줄 알았는데, 가방에는 Camino De Santiago라고 적혀 있었다. 아이는 그 속에서 무언가를 꺼내 입에 넣고 오물거렸다. 가방의 지퍼를 열려고 그가 손을 뻗자, 아이는 작은 몸을 꿈틀거리며 그의 손을 밀쳤다.

"아… 아냐, 아냐!"

잔뜩 몸을 웅크리며 환이는 엉덩이를 움직여 돌아앉았다. 바싹 말라 나뭇가지처럼 앙상한 아이의 팔이 가방을 제대로 쥐지도 못한 채, 허공 속에 부르르 떨었다. 가지런하지 못하고 한쪽으로 기울어진 아이의 입속엔 야속한 아비를 바라보는 적대감이 그득했다.

그를 동반 자살이라는 결심까지 밀어올린 것은, 그 아이도 한 축이었다. 온전한 삶을 부여받지 못한 채 태어난 아이, 축복이 아니라 연민을 뒤집어쓴 채 토해진 삶. 남수는 아이가 태어나던 순간을 그렇게 기억했다.

환이는 32주 만에 태어난 미숙아였다. 처음 아이가 세상에 나왔을 때, 아이는 1.4킬로그램의 작은 덩어리였다. 그는 아이에게 지워진 숙명이 자신을 향한 형벌처럼 느껴졌다. 그의 삶을 옭아매기 위해 운명이 내던진 결정적인 한 수. 이래도 네가 버틸 수 있을 테냐, 가장 아름답고 축복받아야 할 시간을 찢으며 그의 눈앞에 내던진 환멸의 몸체.

그러나 의사에게서 아이가 뇌손상으로 평생 장애를 가지게 될 가능성이 높다는 이야기를 들으면서, 남수는 이상하게도 담담했다. 산모가 경도의 근무력증을 반복적으로 앓은 경력이 있기도 했고, 여러 가지 약물에 대한 부작용일 수도 있다는 이야기를 들으면서, 그는 그저 문 밑으로 던져진 체납 고지서를 들여다보는 기분이었다. 앞으로 아이를 어떻게 치료해야 하는지, 조산아 지원 프로그램에는 어떤 것들이 있는지 의사가 무수히 많은 절차와 방법들을 나열했지만, 남수는 결백하고 순수하기만 했던 자신의 과거를 곱씹었을 뿐이었다. 주어진 생에 순응하며 치열하고 성실하게 살아온 삶에 대한 또 다른 형벌을 목격하면서, 그는 그저 소독약 냄새가 나는 벽을 힘없이 몇 번 걷어찬 것이 전부였다.

"아빠… 미어."

환이의 헐거운 말이 차인 돌처럼 굴러왔다. 그나마 아이가 혼자서 걸을 수 있게 되고 말을 배워가면서 누군가 불행 중 다행이라고 말했을 때, 남수의 두 손엔 자신도 모르는 살의가 그득했다. 주민센터의 사회 복지사가 놓고 간 자세 교정용 의자에 구겨진 채 틀어박혀 있는 아이를 보면서, 그는 희망이란 것의 비틀린 몸체를 상상하고 있었다. 아이 너머로 등을 돌린 채 이불 속에 숨어 있는 아내를 보면서, 그는 손 안에 끈적거리는 것을 연신 바지춤에 문질러 닦았다. 그러고 보니 차곡차곡 쌓아올리게 된 이 결심의 시초는 역설적이게도 절망이나 불운이 아니었다.

"정말 계속 이렇게 앉아만 있을 거야?"

지애는 벌레처럼 엉금엉금 기었다. 기어서 위층 계단으로 오르는가 싶더니, 다시 더듬거리며 아래로 내려왔다. 소리를 지르는 것만으로 해결되지 않는 세계를 이제야 알겠는지, 그녀는 더 이상 비명을 지르지도 않았다.

"여기… 이상해."

본래 기이하고 납득할 수 없는 것이 우리들의 현실이었다, 몰랐던 거냐고 남수는 호통이라도 치고 싶었다.

16

"문도 다 닫혀 있고… 층수가 없어. 몇 층인지 적혀 있어야 하는데, 아무리 둘러봐도 숫자가 보이질 않아."

시간의 벽 위엔 원래 그 어떤 숫자나 이름도 없는 법이지 않느냐고, 책망이라도 하려는 듯 남수는 슬쩍 고개를 들었다. 그녀의 말대로 사방 벽은 비상등 불빛으로 붉게 물들어 있을 뿐, 층 수를 나타내는 숫자나 표식 같은 것은 보이지 않았다.

"아직 다 완성이 안 되어서 그렇지. 못 들었냐? 공사 기간을 단축했네, 개장 일정을 앞당겼네, 말들이 많았잖아? 그래서 막아놨던 거겠지."

남수는 자신을 가로막았던 빨간색의 띠를 생각했다. 손을 대면 핏물이라도 밸 것처럼 생생한 붉은색이었다. 훌쩍이며 여기저기 사람들에게 전화를 걸던 아내의 팔목을 비틀어, 그는 비상구를 찾아 뛰었다. 미로를 지나듯 좁은 통로 안으로 들어서니, 빨간 띠로 가로막힌 문이 보였다. 허리까지 오는 두 개의 작은 기둥에서 혀처럼 길게 뽑아져 나온 빨간 띠는, 거대한 철문의 앞을 어설프게 가로막고 있었다.

"우리 들어올 때 여기가 막혀 있었다고?"

"두 눈도 안 보이냐? 그리고 집에만 틀어박혀 있으니 두 눈도 어떻게 된 거야?"

날이 선 그의 말이 섭섭했는지, 지애가 눈을 흘겼다.

"당신은 내가 집에만 있는 게 그렇게 싫었어? 누가 집에만 있고 싶어서 있어? 내가 말했잖아? 난 태어날 때부터 몸이 허약해서… 제때 치료를 하지 못해서 그럴 수밖에 없었다고. 우리 연애할 때에도 다 알던 거잖아? 그 때에는 다 이해해주고 받아줄 것처럼 그러더니, 자꾸 왜 그래? 왜 모든 걸 내 탓으로만 몰아?"

남수는 그것이 이해가 아니라, 알량한 인정이었다고 기억했다. 고작 그것이 전부였던 현실에 순응하고자 하는, 또 다른 결심의 고리였다.

"당신만 죽을 만큼 힘들었던 거 아냐. 나도 힘들었어. 이렇게 사는 게 무슨 소용인가 싶었고… 그래서 당신 결정에 수긍했던 거고. 왜 당신은 언제나 자기 생각만 해? 나랑 말 한 마디 하지 않으려고 했던 건 당신이었잖아? 어차피 나라는 인간과는 말도 통하지 않는다, 그렇게 혼자서 모든 걸 결정해놓고 맨날 등을 돌리고 있는 게 당신이란 사람이잖아? 아냐?"

남수는 대답하지 않았다. 내가 왜 말을 잃었는지 헤아리지도 않은 채, 깨우침은 언제나 자신의 것이고 뉘우침은 항상 타인의 것이어야 하는 이기적인 인간들. 굳어버린 혀를 씹으며, 그는 토하지 못한 말들을 집어삼켰다. 그러고 나니 쓴물처럼 폐부 깊숙한 곳에서 뜨거운 한 마디가 게워졌다.

억울하다.

온통 역설로 뒤덮인 여기 이 삶이 억울해, 나는 도저히 견딜 수가 없었다. 절박해진 꿈이란 결국 횡재를 바라는 요행수가 되어버렸고, 최초의 결심은 거꾸로 뒤집혀 이렇게 최후의 결심이 되어버리고 말았다. 그토록 지독했던 생의 마지막 순간마저 여기 이렇게 남루한 곳에 갇혀 맞이해야 하다니.

남수는 도저히 이 현실을 받아들일 수가 없어 치가 떨렸다. 시멘트 바닥을 차며 그는 벌떡 일어섰다. 발갛게 달아오른 거대한 문을 노려보며 어깨를 활짝 폈다. 이곳에 자신을 가두어버린 시간의 뜻을 어쩐지 알 수 있을 듯했다. 삶도 너의 것이지 않았으니, 죽음 또한 너의 손에 허락할 수 없다는 시간의 고집. 끝까지 너를 지배하고 통제하여, 미물에 어울리는 하찮은 죽음을 할당하고야 말겠다는 간략한 제의(提議).

시커멓게 끈적거리기만 했던 생각의 늪 속에서, 남수는 한 가지 확신이 생겼다. 남루하기만 했던 생을 빼앗기지 않기 위해, 반드시 해야 하는 것이 떠올랐다. 무슨 짓을 해서라도 이 잔혹한 시간의 종언을 거부하는 것, 기필코 여기에서 탈출하는 것. 그리하여 나를 억압했던 생을 농락하며, 망설임 없이 내 손으로 내 삶의 마지막을 선택하는 것.

전에 없던 의지가 쑥쑥 자랐다. 낯선 것이어서 그런지, 더욱 뜨끈했다. 흔들림 없이 죽음을 향해 나아가고자 하는 순수한 생의 의지. 다시 한 번 뒤집힌, 또 다른 역설이었다.

그런데, 그곳은 몇 층이었을까? 남수는 제일 먼저 이 건물에 들어섰던 때의 기억을 더듬었다. 까마득히 하늘로 치솟은 건물은 지상의 의지라기보다는 하늘의 의지 같았다. 지상으로부터 쌓아올린 몸체가 아니라, 천상에서 지상으로 찔러넣은 시간의 표식.

그를 여기까지 이끌었던 것은 '마지막'이라는 지애의 간청이었다. 최후의 결심을 이행하기 전에, 자신에게도 환이에게도 근사하고 기억에 남을 만한 마지막 추억을 남겨주고 싶다며 그녀는 애원했었다. 죽음을 꿈꾸며 위장을 채워가는 이율배반은 지독히도 역겹겠지만, 남수는 그러자고 했다. 만찬의 시간으로 삶을 마무리하고자 하는 그녀의 바람과, 자신만의 의식으로 이 삶에 종언을 고하고자 했던 그의 의지는 어차피 비슷듯이 맞닿아 있었다.

그러나 지애는 세계에서 두 번째로 높다는 이 건물의 지하철 역에 도착해, 입구로 들어서지 않고 오히려 건물 바깥쪽으로 발길을 돌렸다. 어디론가 가야 할 사람처럼 정류장 근처를 서성거렸고, 버스를 기다리고 있는 사람들 뒤로 자꾸 숨어들었다. 그녀의 머리 위에서 시시각각 바뀌어가는 버스 도착 안내판은, 복잡하게 뒤엉킨 그녀의 심사를 고스란히 드러내고 있었다.

대비가 필요할지도 모른다고 남수는 생각했다. 언제나 그녀의 다짐이란, 종이 한 장의 두께만도 못한 얄팍한 것이었다고 기억하면서.

그때, 정류장에서 얼마 떨어지지 않은 가로수 아래에 큰 가방을 펼쳐놓고 앉은 한 남자가 눈에 들어왔다. 작은 접이식 낚시 의자에 앉은 그는 검은 중절모 아래 선글라스 너머로 날카로운 눈매를 숨기고 있었다. 희끗희끗한 턱 밑이 너그럽고 사람 좋은 인상을 풍겼지만, 단단한 입매는 세상의 이치를 모두 꿰고 있는 듯했다.

남수는 멀찌감치 서서 그의 가방을 들여다보았다. 호기심 어린 아이들을 꾀는 친근한 노인의 미소를 짓고 있었지만, 그는 아무도 모르게 남수의 망설임을 흘끔거리고 있었다.

그의 앞에 놓인 낡은 가방 안에는 잡다한 물건들이 가득했다. 저마다의 쓸모를 자랑하듯 애써 가지런했지만, 막상 들고 보면 집 안 서랍 속에 이미 한두 개쯤 담겨 있을 물건들이었다. 남수는 그중에 반으로 몸을 접은 검은 손잡이에서 눈을 떼지 못했다. 사마귀처럼 은색 돌기를 단 그것이 어떤 몸통을 감추고 있는지, 그는 알 것 같았다. 남자는 한 손으로 사람들의 눈을 가리며 남수 앞에 칼날을 펼쳐 보여주었다. 러시아제라고 속삭이며, 그는 손가락 몇 개를 펼쳤다. '멋지죠?' 하며 칼을 내밀었는데, 남수는 자신도 모르게 흠칫 물러섰다. 그가 위협을 한 것도 아니었는데, 순간 심장이 덜컥 내려앉았다. 생소한 박동이 그의 온몸에서 벌떡이고 있었다. 목이 탔다. 황급히 그에게 돈을 지불하고 칼을 받아 들어 주머니에 넣었는데도, 이상하게도 낯선 심장 박동은 멈추지 않았다. 온몸에 조금씩 열이 올랐고, 그의 명치 아래서 또 다른 심장이 깨어난 것만 같았다.

다른 이유는 없었다. 만약의 경우를 대비할 뿐이라고 남수는 거듭 되뇌었다. 언제나 그랬듯 원하는 대로 흘러가지 않던 삶을 알고 있기에, 그래서 더 이상 시간에게 배신당하지 않도록. 간신히 그러모은 최후의 결심을 끝까지 지켜낼 수 있도록.

까마득히 치솟은 건물로 향하는 계단을 오르며, 그는 온통 제멋대로 뛰고 있는 심장 한 덩이였다.

그런데, 그곳이 몇 층이었을까? 남수는 도무지 기억이 나지 않았다. 다시 주머니에 손을 집어넣었다. 몸통을 숨기고 있는 차가운 돌기를 만지작거렸다. 또다시 낯선 심장이 뛰었고, 목덜미 아래가 점점 달아오르고 있었다. 분명히 지상의 정문으로 향하는 것이 아닌, 몇 층 위의 상층부로 연결된 육교의 계단이었다. 하지만 생소한 심장 박동에 온통 마음을 빼앗겨, 얼마나 많은 계단을 올랐던 건지 기억할 수는 없었다.

남수는 계단 난간을 붙들고 아래쪽을 넘겨봤다. 다시 고개를 들어 머리 위를 올려봤다. 나선형으로 꼬인 계단은 아래위로 끝도 없이 뻗어 있었다. 그에게는 쏘아올린 조롱이었고, 곤두박질친 결심 같았다. 분명히 계단을 올라올 때 중간에 한 번 더 꺾여 올라가는 공간이 있었으니, 충분히 3층이거나 4층일 가능성도 배제할 수는 없었다. 그렇다면 1층의 입구는 기껏해야 서너 층만 내려가면 된다는 이야기인데.

다시 허리를 길게 빼, 그는 아래쪽을 꼼꼼히 살폈다. 그러나 어디에도 1층을 가리키는 표식은 보이지 않았다. 하다못해 희미한 인기척조차 없었다. 뱅글뱅글 돌고 있는 계단은 몇 층이 아니라, 수십 층 깊이까지 뻗어 있는 듯했다.

이성적으로 생각해야 한다. 세계에서 두 번째로 높은 최고 층이라고 자랑을 하던 건물이니만큼, 그에 걸맞은 상상을 뛰어넘는 규모일 것이다. 머리 위에 쌓인 계단은 쉽게 가늠할 수 없는 높이일 테고, 지하로도 수십 층 깊이까지 주차장이 마련되어 있는지도 모를 일이다.

남수는 다시 위를 올려봤다. 하지만 160층이라고 하더라도, 계단의 거리만으로 따지자면 고작 몇 킬로 남짓 아닌가? 그는 또다시 아래로 목을 뺐다. 지금으로서는 출구를 찾기 위해 아래로 가는 것이 현명하겠지만, 몸이 불편한 환이까지 모두 다 함께 아래로 내려가야 하는 걸까? 내려갔다가 문이 모두 잠겨 있다면 고스란히 되짚어 올라와야 할지도 모르는데? 그는 다시 위쪽으로 머리를 들이밀었다. 아래가 아니라 바로 몇 층 위에 문이 열려 있다면? 열린 문의 가능성을 생각한다면, 아래보다 위쪽으로 향하는 것이 더욱 합리적일지도 모르는 일인데.

다시 아래를 보고, 그는 다시 또 위를 봤다. 어차피 선택이 필요한 순간이었지만, 그는 자꾸 위를 보며 아래를 생각했고 아래를 보며 위를 생각하고 있었다. 그렇다면 도대체 여기는 몇 층인 걸까?

남수는 찬찬히 사방 벽을 둘러보았다. 손으로 짚어가며 붉은 벽을 꼼꼼히 살폈다. 그러고 보니 매끈하게만 보였던 벽 위엔 무수히 많은 작은 돌기들이 오돌토돌 돋아 있었다. 조금만 거리를 두고 바라보면 아무것도 없는 깨끗한 벽이었지만, 손으로 더듬어보니 무작위의 돌기가 빼곡히 만져졌다. 그것은 마치 공포에 질린 누군가의 팔뚝 같았다.

"이거 무슨 일이 일어난 거야, 틀림없어."

성급한 손길로 그녀는 환이를 쓰다듬었다.

"그래, 불이 난 걸지도 몰라. 왜 이런 건물은 불이 나면 불길이나 연기가 번지지 않게 하려고 셔터 같은 게 내려오잖아? 문도 저절로 닫혀버리고. 분명히 지금 밖에 어딘가에서 화재가 난 거라고."

치솟는 불길이라도 본 것처럼 그녀는 몸을 떨었다.

"그럼 냄새가 나야지. 아니면 매캐한 연기라도 새어 들어오든가."

"아직 불길이 크지 않을 수도 있는 거잖아? 여긴 너무 큰 건물이니까, 냄새나 연기가 여기까지 스며들지 못할 수도 있잖아?"

"이게 방화셔터냐? 여긴 비상구라고. 비상구 문은 활짝 열려야지. 불을 막으려고 사람들까지 막는 건 말이 안 되지."

그러나 순간 남수는 엉뚱하게도 역사 속에 희생되어왔던 수많은 사람들이 생각났다. 최선이 아니라 차선을 택해야 하는 시간, 최악을 피하기 위해 차악을 택할 수밖에 없는 순리. 그렇다면 우리는 차선이나 차악이 될 수 있을까? 남수는 다시 주먹을 움켜쥐었다. 쾅쾅, 또 한 번 있는 힘껏 철문을 두드렸다.

　"그럼 고장 아닌가? 무슨 일만 터졌다 하면 고장이니 인재니 만날 그러잖아?"

　"그러면 우리 말고 다른 사람들도 있어야지. 갇힌 게 우리뿐이라는 건 말이 안 되지."

　더 이상 지애는 말이 없었다. 그녀의 몸짓을 흉내라도 내듯 남수도 붉게 물든 공간을 천천히 둘러보았다. '이상해, 여기.' 그녀는 또다시 그렇게 중얼거렸다. 문득 남수의 두 눈은 붉은 빛을 내뿜고 있는 등 아래에 멈췄다.

　이런 색깔의 비상구 등이 있나? 대피 유도등이라면 초록색일 테고, 머리 위에 유도등이 달려 있다는 소리는 들어본 적 없는데. 그는 천천히 붉은 등 아래로 다가갔다. 동그란 덮개 안에서 주홍색 빛이 뿜어져 나오고 있었다. 덮개 안의 전구가 붉은 건지, 전구를 덮은 덮개가 붉은 건지 확신할 수는 없었다. 그저 남수는 그 불빛이 기분 나빴다. 끝으로 밀려난 누군가를 한 번 더 밀쳐내는 것처럼, 불안하고 흐릿한 생각들을 지워버리려 동물적 욕구만을 강요하는 환락의 불빛처럼.

또다시 그의 가슴 속에서 심장이 꿈틀거렸다. 낯선 박동이었다. 몸속에 있어야 할 그 소리는 점점 밖으로 새어나와, 끝없이 이어진 나선형의 계단을 따라 어디론가 기어오르고 있었다. 건물이 울고 있는지, 윙윙 낮은 음의 기계 소리가 슬그머니 그 뒤를 따랐다. '정말… 이상해.' 아내의 목소리가 여러 겹으로 나뉘어 그의 어깨 위에 내려앉았고, 한 번도 떠올려본 적 없던 낯선 한 마디가 생각의 수면 위로 떠오르고 있었다. 상상도 하지 못했던 넓고 큰 파문을 일으키면서였다.

'여기, 두렵다.'

자신도 모르게 그렇게 중얼거려놓고, 남수는 제 몸을 쓰다듬었다. 사방 벽을 가득 채우며 숨어 있던 작은 돌기들이 이제 그의 온몸을 뒤덮고 있었다.

2

아래

편안하게 몸을 눕혔다고 생각했는데, 그는 잔뜩 쪼그린 채였다. 이렇게 단단한 곳에 등을 기댄 것은 참으로 오랜만이라고 믿었는데, 타오르는 벽 위에라도 앉은 듯 몸을 웅크리고 있었다.

남수는 세차게 고개를 저었다. 굳은살이 박힌 손을 들어 여기저기 가슴팍을 짓눌렀다. 그러나 그의 몸속에서 심장은 여러 갈래로 쪼개어져 서로 다른 곳에서 뛰고 있었다.

이성적으로 생각해야 한다. 삶이란, 허약한 것들에게 더욱 냉혹하고 가차 없는 이빨을 들이미는 법이다. 연민이나 우울이란 알량한 자기 위안에 지나지 않는 것. 남수는 부러 허리를 곧게 폈다. 어설프게 뻗었던 두 다리에 힘을 빼 양반다리로 고쳐 앉았다. 명상이라도 하려는 수도자처럼 두 팔을 무릎 위에 올리고, 그는 오직 두 눈만을 움직여 붉게 물든 공간을 둘러보고 있었다.

선택은 두 가지다. 여기에서 누군가에게 구조되기를 기다리거나, 직접 출구를 찾아 나서거나. 그러나 아내와 환이의 몸 상태로는 직접 출구를 찾는 것은 쉽지 않을 것이다. 언제나 내가 할 수 있는 최대한을 생각하고, 내게 가능하지 않은 최소한을 미련없이 떨쳐버릴 것.

남수는 차분히 몸을 일으켜, 다시 한 번 계단 난간에 매달려 아래쪽을 봤다. 몇 계단 아래로 내려가서, 더 깊은 아래층의 상황을 살폈다. 마치 복제라도 한 듯 똑같은 모습이었다. 그와 그의 가족들만 지워졌을 뿐, 모든 층은 붉게 물들어 수직으로 쌓여 있었다. 어디로 가게 되든 그는 자신과 가족이 사라져버린 공간을 마주하게 될 것이었다. 자꾸 소름이 돋는 팔뚝을 쓰다듬으며, 그는 다시 계단을 거슬러 되돌아왔다.

"내려가 봐야겠어."

"어디를?"

"일단 1층 가까이에 내려가야지. 아무래도 거기에 사람들이 제일 많을 테니까. 다른 사람들도 그리로 내려올 테고, 구조대가 오더라도 그리로 들어올 테니까."

"여기가 몇 층인 줄도 모르잖아? 무작정 내려갈 수는 없는 거잖아? 난 못 가, 난 그냥 환이랑 여기에 있을래."

지애는 곁에 있던 환이를 와락 감싸 안았다. 겁에 질린 것은 자신이면서, 그녀는 연신 아이의 등을 쓰다듬고 있었다. 괜찮다고 아무 일도 아니라고 아이에게 말했지만, 고개를 끄덕인 것은 환이가 아니라 그녀였다.

　"당신은 안 가도 돼. 환이랑 여기 있어. 나 혼자 갔다 올 테니까."

　"자기 혼자? 안 돼! 가지 마!"

　"가지 않으면? 그럼 여기에서 무작정 기다려? 사람들이 우릴 찾을 때까지 무작정 기다리고만 있냐고? 당신 그러고 집에만 있으니까 누가 찾아오기라도 했어? 그렇게 갇혀 있으니까 누가 구해주더냐고?"

　이불을 끌어올리듯 지애가 무릎을 감쌌다.

　"아무도 안 구해줘. 그렇게 숨어 있으면, 아무도 우리가 거기에 있는 줄 몰라. 우리가 직접 나서야 돼. 기다리는 건 여유 있고 시간 있는 놈들이나 하는 짓이라고. 궁지에 몰린 것들은 입을 벌려 살려달라고 외치기라도 할 줄 알아야 하는 거라고. 알아 들어?"

　그저 아래로 내려가야 한다는 당위를 말하려던 것뿐이었는데, 자꾸 코끝이 시큰거렸다. 어울리지 않게 감상적이 되는 스스로가 남수는 유독 혐오스러웠다. 슬퍼지지 않으려면 지독해지거나 무감해져야 하는데, 그것은 또다시 비열하고 생각 없는 인간이라는 손가락질로 되돌아오리란 사실도 그는 잘 알고 있었다.

"나… 무서워."

무섭다고 말하는 그녀의 눈빛에 힘이 없었다. 그래서 그녀
는 그렇게 나에게 비열하다며 손가락질을 하고, 나는 그녀에
게 생각이 없다고 비난했던 것일까? 몸을 낮춰 남수는 아내
앞에 쪼그려 앉았다.

"몇 층 안 내려가. 1층까지 내려가서 문이 열렸나, 혹시 사람
소리가 들리나 확인만 해보고 올라올 거니까. 환이랑 여기서
조금만 기다리고 있으면 금방 확인하고 올라올 거니까, 무서
워할 거 없어."

훌쩍이는 아내를 그대로 내버려둔 채, 남수는 아래쪽 계단
으로 내려섰다. 영문을 알지 못하는 환이가 기울어진 눈빛으
로 그와 그녀를 번갈아 바라보았다. '아빠, 빨리 와.' 언제나처
럼 환이는 그렇게 말했는데, 이번에도 그는 더듬거리는 아이의
말을 끝까지 듣지 못했다.

계단을 뛰는 발걸음은 너무도 익숙한, 일상적인 것이었다.
개인사업자로 트럭을 매입해 지입 무제로 택배 일을 시작했던
것이 겨우 2년 전의 일이었다. 그러나 한 시라도 빨리 이 각박
한 현실에서 벗어나야 한다는 집착을, 그의 몸은 버티지 못했
다. 이미 망가질 대로 망가진 허리에 수술을 해도 완치는 힘들
거라는 의사의 말은 또 다른 조롱 같았다. 침대에 누워 끙끙

앓기만을 몇 달, 트럭을 인계 받을 때 대출 받았던 돈마저 제 때 갚지 못하고 이자만 계속 늘어났다. 지입 차량까지 고장이 나 제 값을 받지 못한 채 처분해야 했고, 세금은 기다렸다는 듯 한꺼번에 날아들었다. 계속해서 늘어만 가는 빚을 견딜 수가 없어, 제2 금융권에서 또 다른 빚을 얻어 함께 일을 했던 동료와 대단위 물류 창고 사업에 투자했지만 그 또한 사기로 드러나 감당할 수 없는 더 커다란 빚만 떠안고 말았다.

가난으로부터 벗어나야 한다는 강박은 평생의 신념이었다. 다른 사람들보다 더 열심히 일하고 더 많이 움직이면, 시간은 반드시 그 치열한 몸짓을 보상해주리라 믿었다. 그러나 LED 패널 공장, 조선족과 우크라이나 사람들뿐이었던 자동차 부품 프레스 공장, 금고를 만드는 회사를 거쳐 택배 일까지 했는데도, 그의 삶은 조금도 나아질 기미를 보이지 않았다.

마치 계속해서 제자리를 도는 것만 같았다. 지치고 피로한 삶의 무게를 견디며 온 힘을 다해 뛰고 있는데, 언제나 제자리였고 위태로운 불안 속이었다. 끝없이 오르면 어딘가 도달하리란 믿음은 세상에 대한 환멸만 키웠을 뿐이고, 그는 그렇게 조금씩 현실에서 등을 돌리고 있었다.

또 한 계단을 내려서다가, 남수는 문득 걸음을 멈추었다. 다시 그는 닫힌 문 앞에 서 있었다. 조금도 다르지 않은 모습으로 여전히 그의 앞을 가로막은 채, 닫혀 있는 문. 고개를 드니 머리 위에서 똑같은 빛깔의 불빛이 쏟아져 내리고 있었다. 여전히 어디에서 어떻게, 왜 그런 색의 불빛을 내뿜고 있는지 알 수 없는.

"당신, 거기 있어?"

지애의 말소리는 여러 층을 돌아내려 오며 웅웅 울렸다. 변조된 것처럼 그녀의 목소리엔 성별마저 지워졌다. 소리의 포말을 일으키며 겨우 울림만으로 흐릿했다.

"그래, 여기 있어."

소리가 들린 위쪽을 향해 대답을 해놓고, 남수는 자신이 아내에게 말을 건네고 있는 걸까 의심스러웠다. 누군가 다른 사람이 그녀의 목소리를 흉내 냈다고 하더라도, 그렇게 대답을 하는 수 밖에 없었을 것이다. 여기에, 있다고.

"1층에 갔어?"

그러나 그는 이미 여러 층을 내려온 후였다. 생각대로라면 지금쯤 1층에 가까워 있겠지만, 달라진 것은 아무것도 없었다. 문이 열려 있거나 철문 밖으로 인기척도 들리지 않았다. 그가 내려오는 것이 아니라, 서로를 끌어안고 공포에 질려 있을 환이와 아내가 한 층씩 위로 올라가고 있는 느낌이었다.

"당신, 아직도 내려가고 있어?"

또다시 정체를 알 수 없는 목소리가 들려왔다. 이제는 당연히 아내의 것이라고 믿는 수밖에 없었지만, 대답을 하는 그의 목소리는 떨고 있었다.

"그래, 조금 더 내려가 보고."

또다시 그는 아래로 걸음을 옮겼다. 기다렸다는 듯 또 다른 층의 똑같은 광경이 그의 앞에 나타났고, 그는 다시 아래쪽 계단으로 향했다. 아래로 내려간 그는 다시 위쪽에서 내려왔고, 다시 그는 아래로 내려갔지만 이번에도 그는 위쪽에서 내려서고 있었다. 자꾸 두 다리에 힘이 빠졌다.

"여보, 당신 고개 좀 빼 봐."

그러자 저 멀리에서 지애의 머리가 쑥 내밀어졌다. 길게 늘어뜨린 머리카락 때문에 그것은 마치 잘려나간 채 매달린 누군가의 목덜미처럼 보였다. 붉은 불빛 아래 멀리 보이는 아내의 얼굴은 가면처럼 낯설었다.

하나, 둘, 셋, 넷, 다섯. 지금까지 다섯 층을 내려왔으니, 지금 또다시 내려가야 할 층은 여섯 번째. 남수는 혹시나 하는 마음에 다시 한 번 차분하게 아내의 머리가 보이는 곳에서부터 연거푸 계단의 층을 세었다. 하나, 둘, 셋, 넷, 다섯. 그리고 다시 아래쪽 계단으로 내려가 위쪽 계단에서 내려서면서, 그는 '여섯'이라고 말했다. 붉게 물든 닫힌 문의 손잡이를 돌려보고 퉁퉁 철문을 두드리며 그 위에 귀를 대보기도 하면서, 그는 다시 한 번 '여섯'이라고 되뇌었다.

"더 내려갈 거야?"

빠끔거리는 아내의 입이 보였지만, 울림 때문인지 들려오는 말소리는 그녀의 입 모양과 자꾸 엇갈렸다. 손짓으로 그녀에게 들어가라고 말하면서, 남수는 또다시 계단 아래로 발을 내

디뎠다. 다시 그는 문이 닫혀 있는 층의 위쪽 계단에서 내려왔고, 또다시 철문을 두드리며 그 위에 귀를 댔다. 뒷덜미에 서늘하게 내려앉는 두려움을 애써 외면하며, 그는 조금 더 빨리 두 다리를 움직였다. 택배 일을 할 때처럼 아무런 생각도 하지 않고 쓸모없는 상념 따위 말끔히 지우려고 애를 쓰면서. 어디로 얼만큼이나 가든 지상의 감각을 잃지 말아야 한다고 스스로에게 거듭 다짐하면서.

그렇게 그는 또다시 아래로 내려갔고 위에서 내려왔다. 아래로 내려섰고 다시 또 위에서 나타났다. 그토록 혐오하고 견디기 힘들었던 문 밖의 시간처럼, 그는 여기 이곳에서도 계속해서 제자리를 맴돌고 있었다.

온몸에 땀이 흘렀다. 자꾸 숨이 차올랐다. 그러나 그는 또다시 똑같은 곳에 발을 내려놓고 있었다. 갖가지 어지러운 상념들을 지우며 있는 힘을 다해 내달렸지만, 그는 이번에도 처음 그곳에 돌아와 있었다. 닫힌 문 앞이었다. 붉은 등 아래였다. 위쪽으로 향하는 계단이 그의 등 뒤에 있었고, 아래쪽으로 내려가는 계단이 그를 기다리고 있었다. 또 다시 아래로 내려가면, 등 뒤에서 자신이 나타나게 되리란 걸 그는 이미 잘 알고 있었다.

계단 난간을 붙드는 그의 손은 축축했다. 숨을 몰아쉬며 그는 다시 계단 아래쪽을 넘겨보았다. 열여섯. 분명 열여섯이었다. 제 자리로 돌아올 때마다 세었던 숫자는 이제 열여섯 번째가 되었다. 그러나 난간 밑으로 드러난 계단은 여전히 까마득했다. 끝이 보이지 않는 기하학적 무늬는 서로 포개어져 아뜩한 착시를 일으키고 있었다.

"당… 거기……."

머리 위에서 들려오는 아내의 음성은 이제 아예 조각조각 흩어졌다. 대답을 하는 그도 두 손을 모아 힘껏 소리쳐야 할 정도로 너무 멀었다. 이제 그는 그 말소리의 주인이나 성별 따위가 아니라, 그것이 과연 인간의 것인지조차 확신할 수 없었다.

남수는 다시 문 앞에 섰다. 그러나 이제는 더 이상 팔을 움직여 열어보지도 두드려보지도 않았다. 문 너머에서 기다리고 있을 누군가를 상상하며, 문 위에 귀를 대보거나 외쳐 부르지도 않았다. 그는 그저 굳게 닫힌 철문을 응시하고 있었다. 무언가 해야 할 말이 있어서, 문의 앞을 가로막은 사람처럼.

성큼성큼 다가가 남수는 문을 걷어찼다. 시비라도 거는 불량배처럼 있는 힘껏 철문의 정강이에 발길질을 했다. 팡팡, 육중한 철문의 흔들림이 똬리를 튼 공간에 끝없이 울려 퍼졌다. 그 소리를 듣고 있는지, 머리 위에서 아내는 또다시 무어라 소리를 질렀다. 서로 다른 파문을 지닌 두 개의 소리는 붉게 물든 허공 속에 마구 뒤엉켰다. 철문을 걷어차고 주먹질을 하다가, 자신도 모르게 그는 입을 벌려 비명을 쏟아냈다.

"아악!"

제 짝을 찾은 듯 뒤엉킨 소리들은 또다시 빙글빙글 아래위로 흩어졌다. 더 내려가야 하는 건가? 제자리를 도는 것만 같은 이 질주를 계속해야 하는 건가? 더 내려가면 이제 아내의 목소리도 들리지 않을 텐데, 그녀도 내 목소리를 들을 수 없다면 더욱 더 공포에 질려 불안에 떨게 될 텐데? 여전히 아무 의미도 없이 똑같은 곳에 다다르고 똑같은 철문을 마주하면서, 그들은 나를 잃고 나는 그들을 잃어버리게 될지도 모르는데?

"올… 잘… 올……."

이성의 끈을 놓치지 않기 위해 그는 또다시 머리를 털어냈다. 후들거리며 떨려오는 두 다리 때문인지, 엉뚱한 곳에 뛰고 있는 심장 박동 때문인지 자꾸 현기증이 났다. 뚝뚝 끊겨 들려오는 아내의 음성은 다급한 경고 같았다. '그 자리에 있지 말라, 다시 또 질주해 곤두박질하라.' 끝없이 명령하는.

남수는 철퍼덕 그 자리에 주저앉았다. 붉은 벽에 기대어 숨을 골랐다. 뜨거운 심장이 다급하게 그를 부추기고 있었지만, 그는 그저 붉은 등만 올려봤다. 갑자기 오기가 치밀었다. 여기에 주저앉은 나를 보며, 누군가의 입은 웃고 있겠지? 그래봐야 또다시 아래로 갈 수밖에 없을 거라고 비아냥거리면서. 지치고 죽어가는 허약한 인간의 몸뚱이 따위 필요 없는 신전(神啓) 위에 망령들은 머리를 맞대고 내게 손가락질을 하고 있겠지? 빌어먹을.

입술을 씹으며 그는 다시 몸을 일으켰다. 멱살을 쥐기라도 할 것처럼 철문을 노려보았다. 그 앞에 퉤 침을 뱉어놓고, 그는 다시 계단 앞에 섰다. 이번에는 아래쪽 계단이 아니라 위쪽 계단이었다.

그래, 네깟 것들이 무어라고 명령하든 한달음에 뛰어올라 주마. 있는 힘을 다해, 한달음에! 이토록 힘겹게 내려온 길을 얼마나 쉽게 올라갈 수 있는지 똑똑히 보라고, 너희들의 명령을 거역하며 얼마나 가뿐하게 뛰어오를 수 있는지 눈깔이 있다면 한번 보시라고!

저릿저릿한 통증이 밀려오는 두 다리에 힘을 주고서, 그는 계단을 뛰어오르기 시작했다. 남은 힘을 모두 쥐어짜며 발끝에 힘을 모았다. 두 주먹을 불끈 쥔 채 있는 힘껏 팔을 흔들었고, 자꾸 느려지는 두 다리를 힘차게 끌어올렸다. 신음이 게워졌고 숨통이 벌떡거렸다.

그렇게 또다시,

그는 제자리를 향해 뛰고 있었다.

"왜 이렇게 늦었어? 뭐 하는데 이렇게 시간이 오래 걸린 거야? 무슨 일 있었어? 출구는, 사람들은?"

쏟아질 것만 같은 심장을 집어삼키며, 남수는 붉은 벽 앞에 쓰러졌다. 땀에 흠뻑 젖은 그를 향해 지애는 한꺼번에 질문을 쏟아냈다.

"1층에는 가봤어? 아무 소리도 안 들려? 문을 좀 세게 두드려보지. 막 두드리면서 고함도 치고 그러면, 밖에서 들릴 수도 있었을 텐데, 안 그래봤지? 또 그냥 대충 훑어보고 돌아온 거지? 왜 항상 일을 제대로 끝내질 못해? 사람이 끝까지 매달리고 버티는 집념이 있어야지, 왜 그냥 돌아오냐고?"

온몸에 땀이 범벅인 채로, 남수는 자신을 다그치는 그녀를 노려보았다. 또다시 옛날 일들을 들추어 화를 돋우고 있기 때문이 아니었다. 여전히 불통의 습성에 갇혀, 남의 탓만 하고 있는 그녀가 꼴 보기 싫었던 때문도 아니었다. 당연히 올라오는 길이 내려가는 길보다 더욱 힘겹고 지난하게 느껴졌기 때문도 아니었다.

"왜 그래, 당신? 사람들 못 만났냐니까? 아무것도 없어? 아래에 아무것도 없는 거야?"

열, 열하나, 열둘, 열셋. 거기까지였다. 내려갈 때에는 분명 열여섯 층을 내려갔는데, 아내와 환이의 모습은 열세 번째 층에서 불쑥 나타났다. 갑자기 얼굴을 쑤욱 내미는 그녀를 보고, 남수는 두 다리에 힘이 풀리고 말았다. 겨우 몇 분 전에 보았던 아내의 모습인데도, 어딘지 낯설었다. 그녀의 말투도 이전과 달랐고, 곁에 앉은 환이의 눈빛마저 가면처럼 이물스러웠다. 똑같은 것은 굳게 닫힌 문과 붉은 등뿐, 여기는 처음 그곳이 아니었다. 그게 아니라면, 그들이 그가 알고 있던 그들이 아니거나.

"왜 그래? 웬 땀을 이렇게 흘려?"

대답을 못하고 있는 그를 향해 지애가 손을 뻗었다. 거죽만 남은 그녀의 손가락이 목덜미에 닿는 순간, 남수는 화들짝 놀라 몸을 움츠렸다. 떨고 있는 스스로를 감추기 위해 그는 자꾸 땀만 닦았다.

돌아갈 수 있다는 것은 망상이었다. 등을 돌려, 왔던 길을 고스란히 거슬러 오르면 가능하리라는 믿음은 지극히 이기적인 바람일 뿐이었다. 남수는 끝내 자신이 떠났던 그곳으로 돌아오지 못했다. 그는 여전히 알 수 없는 어딘가에 주저앉았으며, 낯선 두려움으로 홀로 몸을 떨고 있었다.

여기는 난해하게 뒤엉킨 시간의 길 위. 처음부터 그 누구도 제자리로 돌아갈 수 없는 일직선의 미로였다.

3

We

기억이란, 없다. 처음부터 기억이란 시간은 존재하지 않는다. 어차피 그 모든 것들은 거짓이 아닌가? 시간이란 필연적으로 뒤틀리고 왜곡되며, 선명하고 또렷한 기억일수록 상상에 기댄 헐거운 것에 불과하지 않은가?

뻣뻣해지는 목덜미를 어루만지며, 남수는 계속해서 지나가버린 시간을 다그치고 있었다. 별일 아니라는 듯 손가락 장난을 치기도 했고, 괜히 붉은 벽을 어루만지기도 했다. 손바닥 안에 들어오는 벽 위에 돌기들이 그 어떤 것도 같을 수 없듯이, 지나가버린 시간의 기억이란 어쩔 수 없이 파편화되어버리는 것이 당연하다고 합리화하면서 그는 또렷해지는 두려움을 애써 문질러 지웠다.

지애는 벽에 소변을 보는 환이의 엉덩이를 쳤고, 무슨 장난을 하고 있는지 아이는 계속해서 킥킥거리기만 했다. 그녀는 그런 아이에게 호통을 치면서, 가방에서 물수건을 꺼내 자신과 아이의 손을 번갈아 닦았다. 닦으면서도 그녀의 잔소리는 멈출 줄을 몰랐다.

똑같다, 조금도 다르지 않다. 그녀는 저 바깥에서도 매번 그렇게 똑같은 잔소리를 하며 아이의 승강이를 했고, 환이는 언제나 그녀의 말을 듣는 둥 마는 둥이었다. 그녀도 스스로 같은 말을 반복하고 있다는 사실조차 기억하지 못했고, 아이도 그녀의 말을 듣자마자 잊어버렸다. 기억이란 시간 속에 남아 있는 것은 아무것도 없었다. 그것은 어쩌면 인간이 만들어낸 가장 그럴듯한 핑계인지도.

뜨거워지는 목덜미를 연신 주무르며, 남수는 천천히 숨을 골랐다.

"1층은 찾은 거야?"

다그치기만 했던 것이 미안했는지, 그녀의 말투는 부쩍 부드러워졌다.

"응, 근데… 다 잠겼어."

괜히 눈길을 피하는 그가 이상해 보일 만도 한데, 지애는 또다시 담담하게 물었다. 그렇게 담담한 아내의 모습이 너무도 낯설어, 남수는 계속 붉은 벽만 문질렀다.

"내려간 김에 조금 더 내려갔다가 오지 그랬어?"

"내려갔어. 근데 다 잠겨 있더라고. 여기랑… 똑같아."

'똑같다'고 말해놓고, 그는 그 말이 틀렸다는 것을 알고 있었다. 여기는 똑같지 않다. 같은 모습을 하고 있지만 내가 내려갔던 곳은 16층 아래였고, 지금 여기는 13층 위다. 똑같아 보이지만, 그 어떤 것도 같지 않다. 지나버린 과거의 시간과 일치하는 기억이란 존재하지 않듯이.

"그래, 소용없지 뭐. 뭔가 다른 게 있었으면 당신이 그냥 올라오진 않았겠지."

이상하다? 그저 그렇게 수긍하고 말 아내가 아닌데. 남수는 갑자기 달라진 그녀의 태도가 낯설어 견딜 수가 없었다. 자꾸 한기가 느껴져 그는 연신 팔을 문질렀다.

"이해가 안 되네? 우리 들어올 때 사람들 얼마나 많았어? 당신도 기억하지? 사람들 정말 많았잖아? 여기 개장한 지 얼마 되지도 않은데다가, 백화점에 이 앞에 놀이공원에… 사람들 꾸역꾸역 몰려들던 거 당신도 봤잖아? 그 사람들이 다 어디 간 거야, 도대체? 어떻게 이렇게 큰 건물에 인기척이 하나도 없을 수가 있는 거냐고?"

그러나 남수는 그녀의 말도 틀렸다고 생각했다. 무수히 많은 사람들의 수는 치명적인 고립을 증명하는 것이며, 이렇게 갇혀 있다면 혼자만의 고독은 더욱 지독해질 것이다.

"우리… 설마, 아니겠지?"

환이의 바지춤을 추스르다가 지애는 혼이 나간 듯 그렇게 중얼댔다. 분명히 말했지만 아무 말도 하지 않았고, 아무 말 하지 않았지만 남수는 그 말의 의미를 알 듯했다. 그와 눈을 맞추며 그녀는 동의를 구하고 있었지만, 그는 자꾸 그녀의 눈을 피했다. 지금은 그저 생각하고 싶지 않았다. 아무것도 기억하지 못하는 기억이든, 혼자가 아닌 고독이든.

붉은 벽을 가리키며 환이는 계속 알아들을 수 없는 말들을 쏟아놓았다. 벽 위엔 좀 전에 아이가 지려놓은 소변 자국이 또렷했다. 환이는 계속해서 그 자국에 이것저것 다른 이름들을 붙이고 있었다. 아이의 말대로라면 그것은 그럴듯하게 그려진 산자락이었다가, 이내 낙타의 등짝이 되기도 했다. 봉긋 솟은 두 끄트머리를 손가락으로 문질러놓고, 아이는 지애에게 고개를 돌려 '찌찌 찌찌' 하며 웃기도 했다.

"김달환! 더럽다고 했어, 안 했어! 엄마가 뭐라 그랬어? 만지면 안 된다고 했어, 안 했어!"

"난 안… 더러운데? 예… 쁜데? 재밌…는데?"

자꾸 기울어지는 고개를 추켜올리며 환이는 또박또박 대답했다.

"또 쉬… 할래, 쉬해서 저기에다… 다른 거 그, 그릴래, 쉬할래."

다시 또 벽을 향해 바지를 내리는 환이를 끌어당기며 지애는 연신 아이의 엉덩이를 쳤다. 그런데도 환이는 고집스럽게 소변 자국을 손으로 문댔다. 그쯤 되면 빼 울음을 터뜨릴 만도 한데, 계속해서 아이는 히죽히죽 웃기만 했다.

남수는 연극 무대에라도 앉아 있는 기분이었다. 좁고 밀폐된 무대를, 누군가 머리 위에서 내려보고 있는 듯한. 붉게 물든 공간을 올려보는 그의 볼에 경련이 일었다.

"왜 엄마 말 안 들어? 왜 자꾸 엄마 힘들게 해, 응!"

"올라가자!"

성급하게 열어젖힌 환이의 바지춤을 추스르다가, 지애는 그를 빤히 봤다. 그러나 그것은 그녀에게 건넨 말이 아니었다.

"이번에는 위로 올라가봐야겠다고."

그러나 지애는 타이르듯 조용히 말했다.

"가지 마, 그냥 여기 있어. 밑에도 안 열려 있다면서, 위에가 열려 있을 리가 없잖아? 여기서 기다리면 사람들이 구하러 오지 않겠어? 설마 여기서 이렇게 죽게 되지는 않을 거 아냐?"

그녀는 그럴 리 없다고 말하고 있었지만, 16층 위의 그녀라면 잔뜩 겁에 질려 있었을 것이다. 달라져버린 그녀에게서 도망치듯, 남수는 서둘러 위쪽으로 향하는 계단에 발을 올려 놓았다.

"어디까지 올라가려고 그래? 백육십 층이래. 그 많은 계단을 끝까지 올라가겠다고?"

"왜 못해? 백 층인 게 두려워? 이백 층 삼백 층인 게 두렵냐고?"

그러나 성큼성큼 올라서고 있는 그의 뒷덜미를, 그녀의 대답은 순식간에 잡아챘다.

"올라갔다가 문이 안 열렸으면, 다시 내려와야 돼."

어떻게든 움직여보려 했지만, 그의 두 발은 자꾸 계단 위에 들러붙었다.

"자기 그런 몸으로 끝까지 못 올라가. 잊었어? 자기는 이제 생수통 하나도 제대로 들 수 없는 환자라고. 게다가 우리, 지금 먹을 것도 없어. 물 한 병도 없다고. 올라가다가 지치면 그냥 정신을 놓아야 될 수도 있어. 당신이 아까 말했잖아? 정작 필요할 때 살려달라는 말 한 마디 할 수 없을지도 모른다고."

죽음이 두려운 것은 아니었다. 그러나 남수는 자신이 선택하지 않은 마지막 순간을 맞이할지도 모른다는 현실이 견딜 수가 없었다. 시간의 손아귀에 놀아나기만 했던 이 삶의 마지막은, 분명 자신의 몫이어야 한다고 믿었다.

최악의 상황을 나열하고 있는 그녀를 외면하며, 남수는 다시 발끝에 힘을 주었다. 천천히 숨을 고르며 그는 계단을 오르기 시작했다. 그의 등 뒤에서 '돌아올 수 없는' 혹은 '의식을 잃을지도 모르는' 회생 불가능에 관해 그녀는 계속 소리쳤지만, 남수는 더 이상 아무 말도 듣지 않았다. 그는 오직 눈앞의 계단만 생각했다.

진군이라도 하는 병사처럼 그는 힘차게 걸었다. 이번에는 올라가면서 착실하게 숫자를 세어나갔다. 하나, 둘, 셋, 넷, 다섯, 여섯. 닫힌 문과 붉은 등이 있는, 조금도 다르지 않은 똑같은 광경을 만날 때마다 그는 차곡차곡 숫자를 쌓아갔다. 텅빈 공간에 자신만의 숫자를 붙여 넣었고, 그렇게 올라가야 할 나머지 거리를 가늠했다.

'하나'라고 말했지만 그곳이 1층이 아니란 걸 알고 있었고, '여섯'이라고 말해놓고도 6층일 리 없다고 고개를 끄덕였다. '열'이라고 말했을 때, 혹시 이곳이 10층이 아니라 1층이면 어쩌나, 허무함이 밀려들었지만, 그래도 그는 흔들리지 않고 다시 위쪽 계단으로 걸음을 옮겼다.

열둘, 열셋, 열넷, 열다섯. 그를 비웃기라도 하듯 한 치의 어긋남도 없는 똑같은 장면이 앞을 가로막았지만, 그는 지금까지 그토록 무수히 지나왔던 일상의 시간들을 떠올리면 그쯤 아무것도 아니라고 생각했다. 닫힌 것이 어디 저런 문 하나뿐이었으랴, 흐릿하고 의뭉스럽기만 하던 불빛이 어디 저런 붉은 등 하나였으랴, 남수는 기우뚱거리는 스스로를 추스르면서 계속 위로, 위로 몸을 밀어 올렸다.

위쪽 계단을 향해 올라가서 다시 아래쪽 계단으로부터 올라서는 환각은 이번엔 그런대로 견딜 만했는데, 자꾸 낯선 곳에서 마주했던 지애와 환이의 모습이 생각났다. 고개를 들 때마다 불쑥 사람의 머리가 보일 것 같은 기시감이 들면, 반갑기보단 오히려 머리칼이 쭈뼛 섰다. 도착하고자 했던 그곳이 아니라 엉뚱한 데 주저앉을지도 모른다는 생각 때문에, 자꾸 무릎이 꺾였다.

스물여섯, 스물일곱, 스물여덟, 스물아홉. 입으로 중얼거리고 있는 숫자들에 그는 더욱 힘을 주었다. 하나씩 늘어나는 숫자들을 기억하며 의식을 잃지 않으려 애를 썼다. 눈앞에 똑같은 문이 나타날 때마다 자꾸 걸음이 느려졌지만, 언제나 한 치의 어긋남도 없이 찾아왔던 '내일'이란 시간을 기억하며 그는 다시금 혼자만의 각오를 다졌다.

서른넷, 서른다섯, 서른여섯, 서른일곱. 어떤 상황이든 우린 결국 익숙해질 것이다. 끈질기게 살아남을 것이다. 그게 인간이란 종족이 아닌가? 그걸 진화라고 하지 않던가? 어디선가 주워들은 말들까지 끌어 모으며 다시 다리를 움직였지만, 엉치뼈 안쪽에 칼로 후벼 파는 통증이 밀려들고 있었다.

마흔아홉, 쉰, 쉰하나, 쉰둘. 빌어먹을! 쓸모없이 아래로 내려가는 데 기운을 빼지만 않았어도, 이렇게 금세 힘이 빠지지는 않았을 텐데. 이까짓 수천 개의 계단쯤 택배 일을 하면서 무수히도 오르내렸던 지극히 평범했던 일상에 지나지 않는데. 예순하나, 예순둘, 예순셋, 예순넷. 아닌가? 예순이었나?

더 이상 오르지 못하고 남수는 그 자리에 얼어붙었다. 예순하나라고 생각했던 기억이 갑자기 흐트러졌다. 그러자 그 다음 숫자가, 그리고 그 다음 숫자가 순식간에 머릿속에서 소멸해버리고 말았다. 여기가… 예순셋인가, 예순넷인가? 아니면 예순다섯? 젠장!

어영부영 예순다섯이라고 생각하며 다시 또 계단을 오르려는데, 도저히 발이 떨어지지 않았다. 예순여섯이라고 말해야 하는데, 바싹 마른 입안이 들러붙어 감각이 없었다. 단지 목이 말라 견딜 수가 없어선지 놓쳐버린 숫자 때문인지, 무너지듯 그는 또다시 그 자리에 주저앉고 말았다. 닫힌 문 앞이었고, 붉은 등 아래였다.

사방은 너무도 적막했다. 삽시간에 그를 둘러싸며 몰려든 고요 때문에 남수는 소름이 돋았다. 쓰러진 그를 구경하듯 머리를 들이밀고 있을 적막의 등짝.

목덜미를 빼며, 남수는 허공 속에 눈을 부라렸다. 갈증 때문에 입안에 모래가 씹혔고, 침을 삼킬 때마다 누군가의 손톱이 목구멍을 사정없이 긁었다. 예순이었나, 예순하나였나? 아니다, 예순다섯이었지? 아닌가? 예순셋에서 틀렸다고 했으니, 여기는 그럼 예순넷? 아니다, 예순여섯이라고 말해야 한다고 했으니까 예순다섯?

욕설을 뱉으며 그는 고개를 절레절레 저었다. 이곳이 몇 층이든 얼마나 올라왔든 그것이 문제가 아니었다. 앞으로도 백여 층을 더 올라가야 한다고 하더라도, 지금 그를 짓누르고 있는 것은 견딜 수 없는 피로나 목마름 따위가 아니었다. 결국 그를 주저앉히고야만 것은, 또다시 제자리로 돌아온 것만 같은 환각이었다. 그토록 간절히 제자리로 돌아가고자 했을 때에는 모든 것이 낯설기만 하더니, 어디로든 나아가려고 안간힘을 써 몸을 움직이니 또다시 나를 옭아매고 있는 끔찍한 기시감이라니.

"하악! 학학!"

있는 힘을 다해 비명을 질렀지만, 그의 입에서 쏟아진 건 고작 쇳소리였다.

"지지 않아, 내가… 이대로, 당하고만 있을 것 같아? 나, 그렇게 호락호락한 놈 아니야! 끈질긴 거 하나만큼은 그 어떤 놈한테도 지지 않던 인간이라고, 내가!"

아무도 듣고 있지 않은 텅 빈 공허 속에, 그는 할 수 있는 한 제일 크게 소리치고 있었다. 그러나 그의 외침은 속삭임보다 작았고 한숨보다 무기력했다.

"내가… 내가 말이야, 이렇게 끝내고 싶지는 않았어. 내가 도대체 뭐하러… 뭐하러 도대체… 병신같이."

그의 온몸이 부들부들 떨었다. 그의 의지가 아니었다. 누군가의 손아귀에 잡힌 듯 그는 벌벌 떨고 있었다.

"이제… 만족해? 무슨 일이 있어도 끝까지 가겠다고 했던 인간이 이렇게 주저앉으니 만족하냐고! 이 씨발… 만족해!"

주먹으로 바닥을 치고, 허공에 발길질을 했다. 벗겨진 신발이 아무렇게나 굴렀고 그는 미끄러져 아예 바닥에 드러누웠다. 도마 위에 오른 고깃덩이처럼 붉은 불빛 아래 그의 몸은 허옇게 늘어졌다. 움푹 꺼진 그의 눈자위에 눈물이 번들거렸다. 후회는 아니었다. 그저 서러웠을 뿐이었다. 조금도 벗어날 수 없었던 삶이, 그리고 마지막 순간마저 여전히 자신의 것이 아닌 이 현실이.

입속에 잔뜩 고였던 그의 울음은 통곡으로 이어졌다. 아무도 들여다보지 않는 고독한 시간 속에, 그는 온몸으로 울고 있었다. 온 힘을 다 해 틀어쥐고 있던 신념을 놓치며, 그는 차가운 바닥 위에 너부러졌다. 인간을 벗어버릴 수 없었던 어느 존재의 알몸이었고, 세상 속에 유기되었던 시간의 허물이었다. 이제 모든 것이 속속들이 타올라, 재가 되기만을 갈구하는 눈물 같은 불씨였다.

계속해서, 그는 울고 또 울었다. 절규하고 또 절규했다. 그 순간 그렇게 산산이 찢겨지고 있는 그의 생을, 닫힌 문이, 그리고 붉은 등이 조용히 내려다보고 있었다.

#

4

바다가 내려다보이는 구평리 고개 제일 가파르고 높은 곳에, 어린 시절 그의 집이 있었다. 판자로 대충 엮어 만든 대문 옆에는 언제나 의자 하나가 놓였는데, 그 의자는 판잣집과는 어울리지 않게 등받이와 팔걸이에 고급스런 아라베스크 문양이 새겨져 있었다. 그러나 그것은 쿠션 한 가운데가 푹 꺼진데다, 뒤쪽 다리 하나가 부러져 쓸모없는 것이었다. 인근에 있던 가구 공장 어딘가에서 내다버린 불량품인지 운반 중에 망가진 재활용품인지 알 수 없었지만, 남수의 어린 시절 기억 속엔 언제나 그 의자가 있었다. 나이가 들고 시간이 지나며 판잣집에 대한 기억은 거의 대부분 사라졌는데, 유독 그 의자의 모습은 항상 기억 속에 선명했다.

아버지 때문이었다. 그 의자엔 언제나 그의 아버지가 앉아 있었다. 도망가버린 엄마를 찾아오라며 술에 취해 어린 남수에게 주먹질을 해대고 온 집안의 물건들을 엉망진창을 만들어 놓고 나면, 그는 언제나 이백 원짜리 청자 담배를 물고 그 의자에 앉았다. 한쪽 다리가 부러져 금방이라도 무너질 듯한데, 벽에 기대어선지 그 의자는 용케도 아버지의 몸뚱이를 버티고 서 있었다. 아버지는 그 의자에 앉아 담배 연기를 뿜으며 공장 벽을 타고 오르는 시커먼 흙먼지와 곰팡이들을 물끄러미 바라보곤 했다. 술에 취해 일을 제대로 할 수 없다는 소문이 퍼지면서, 남수는 더욱 더 자주 그 의자에 앉아만 있는 아버지를 바라보아야 했다.

그럴 때면 세 개의 다리로도 아버지를 버티고 서 있는 그 의자가 그토록 원망스러울 수가 없었다. 당장이라도 허리를 꺾으며 아버지를 내동댕이쳐, 아버지가 더 이상 자신에게 폭력을 휘두르거나 집안을 엉망으로 만들지 못하게 되기를, 가능하다면 돌부리에 머리를 부딪쳐 피를 흘리며 죽어가기를 남수는 간절히 바라고 또 바랐다. 생각해보면 그 의자는 아버지의 생과 아무런 상관도 없는데, 남수는 배신자를 바라보듯 자주 그 의자를 노려봤다. 그 의자 하나가 아버지에게 편안함과 안락함을 주고 있을 거라 생각하니, 온몸의 피가 거꾸로 솟는 듯했다. 그 시절의 모든 고통을 그 의자 하나가 떠받치고 있는 것처럼, 남수에게 그 의자는 혐오였고 분노였다.

그러던 어느 날, 고등학생이 된 남수는 술에 취한 아버지와 몸싸움을 하고 뛰쳐나오다가 그 의자를 보았다. 그의 앞길을 가로막았던 것도 아닌데, 그는 성큼성큼 다가가 의자를 집어 던졌다. 시멘트 바닥을 구르면서도 멀쩡한 의자를 그는 마구 짓밟았다. 나머지 다리들마저 산산조각이 나며 부서지고 있는데도, 그는 그 의자의 등받이를 들어 벽에 내던지고 다시 내던졌다. 서로의 몸을 감싸며 아름답게 꼬인 아라베스크 무늬가 산산조각이 나 깨어질 때까지, 그는 계속해서 의자를 집어 던지고 짓밟았다.

부서진 의자 때문에 술에 취한 아버지가 다시 주먹질을 했지만, 이제는 그도 가만히 맞고만 있진 않았다. 아버지보다 훨씬 더 커진 몸집을 일으켜 그도 아버지의 팔뚝을 꺾고 그의 늙은 몸을 내던졌다. 생전 처음 느낀 승리의 희열로 온몸의 혈관이 곤두섰고, 술에 취해 허우적거리며 아버지는 다시 또 그에게 달려들었지만, 이제 그는 더 이상 아버지에게 맞고 울며 도망치는 열 살짜리가 아니었다. 지독한 기억만 심어준 아버지란 존재를 목소리 높여 갈기갈기 찢으며, 이제는 그가 온 집안의 물건들을 내던지고 있었다.

그리고 30년 만의 한파가 찾아온 그해 겨울, 그의 아버지는 술에 취해 길에서 잠이 들고 말았다. 집을 찾지 못했는지 그 의자가 사라진 집에 오기 싫었는지, 그는 그렇게 더 이상 남수가 있는 집으로 돌아오지 못했다.

게슴츠레 눈꺼풀을 들어올렸다. 붉은 등이 보였다. 얼마나 시간이 지난 걸까. 간신히 몸을 일으켜 남수는 벽에 기댔다. 꿈속에서 아버지를 만났던 것은 아니었다. 그 의자 위에 앉아 있는 아버지를 보았던 것도 아니었다. 그저 눈 감은 의식 속에서 그 의자가 생각났다. 다리 하나가 없던 의자, 기우뚱 벽에 기대어져 아버지에게 안락함을 전해주었던 바로 그 의자.

이유는 알지 못했다. 그 의자가 그리웠을 리도 없었다. 내가 살아 있는 건가, 하는 생각이 드는 순간 다리 하나가 없는 그 의자는 기억의 심연 속에서 불쑥 솟아올랐다.

여전히 붉기만 한 주위는 너무도 적막했다. 나선형으로 뻗은 계단에서는 아무 소리도 들리지 않았다. 그가 알지 못하는 어떤 기계가 돌아가고 있는지, 미약하고 아득한 기계음만이 희미하게 들려올 뿐이었다. 남수는 늘어지듯 뻗어 있는 두 다리를 내려다보았다. 분명히 몸체에 달려 있는 일부인데도, 그것은 마치 꺾여 잘려나간 듯했다. 무수히도 여러 번 벽에 내동댕이치고 짓밟혔던 것처럼, 싸구려 등산 바지를 끼워 입은 그의 두 다리는 붉은 바닥 위에 잔해처럼 늘어졌다.

엉덩이를 움직여, 다리를 끌어당겼다. 감각이 없어진 두 다리를, 아래쪽으로 향하는 계단 위에 올려놓았다. 이유는 없었다. 올라가면 내려오지 못할까, 그런 두려움은 아니었다. 그토록 비루한 삶을 견뎌온 자신에게 어차피 다가오지도 않은 시간 따위를 두려워할 이유도 없다고 그는 생각했다.

하나씩 계단을 내려오며, 그는 두 다리에 힘을 주었다. 난간을 붙들고 다리를 내려놓으면서, 일직선으로 몸을 뻗었다. 아래를 향한 시선은 자연스럽게 몸을 일으켰고, 이유 따위 내던져버린 생각은 너무도 쉽게 열패감을 지워버렸다. 또다시 닫힌 문이 나타났고 붉은 등이 그를 야유했지만, 남수는 그저 아래로 걷고 있는 두 다리만 보고 있었다.

어차피 승리도 패배도 없는 시간이지 않은가? 열려 있든 닫혀 있든 똑같은 문이 기다리고 있을 맨 꼭대기 층에 도달한다고 하더라도, 결국 그곳이 내가 가야 할 곳은 아니지 않은가? 나는 또다시 이 길을 내려와야 할 뿐, 삶이란 그렇게 처음부터 일직선의 질주가 아니지 않았던가?

조금씩 두 다리에 힘이 생겼다. 감각이 없던 발가락이 꼬물거리며 아파왔다. 다시 허리에 통증이 밀려왔고, 물 한 모금 마시지 못한 목덜미가 찢겨지듯 타들어 갔다. 그의 발아래 그가 내려가야 하는 계단은, 비열한 자를 영접하듯 늘씬하게 뻗어 있었다.

그러고 보니, 삶에는 이유가 없었다. 굳이 이유를 따지자면 그에게 삶은 오기였다. 승리하고 이겨내려는 집념이 아니라, 제자리에 꼼짝 않고 버틴 채 서 있기 위한 아집이었다. 여러 가지 지상의 말들로 화려하게 이름 붙일 수는 있겠지만, 그는 그것이 시간의 수레를 가로막은 사마귀의 몸짓임을 알고 있었다. 거대한 바퀴에 몸통이 짓눌려 질질 끌려가면서도, 어디까지 갈 테냐 끝까지 시간에 매달리는 발버둥.

금고 공장에서 일을 시작했을 때, 그곳에서 경리 일을 하던 지애를 처음 보았다. 그때 잠시 꿈의 향기가 피어오르는 듯했지만, 결혼이라는 현실 앞에 그 모든 것들은 금세 사그라지고 말았다. 가난한 남자와 가난한 여자가 만나 더욱 가난해지는 역설은, 세상의 이치를 뒤집으며 빚쟁이처럼 그들의 일상을 위협했다.

남수는 그때 처음 스스로의 삶을 밀어 올렸던 그 이유를 회의하기 시작했다. 처음부터 답을 얻으려던 것도 아니었으면서도, 아무것도 말하려 하지 않는 세상 앞에 그의 절망은 깊어만 갔다. 혼자 힘으로는 살아갈 수 없는 환이가 태어났을 때, 이제 삶의 이유는 희망이 아니라 쇠사슬이었다. 철컹거리며 무겁게 그를 짓눌러, 마침내 외마디를 듣고야 말겠다는 신의 겁박이었다.

난간을 잡은 남수의 손등에 힘줄이 튀었다. 물줄기처럼 쏟아지는 기억들을 향해 그는 고개를 치켜들었다. 아니다, 아직 끝나지 않았다, 나는 패배하지 않았다! 집요하게 나를 조여오던 시간의 폭력, 죽음의 순간마저 내게서 빼앗아가려는 시간의 몰염치를 나는 너무도 잘 알고 있다!

기억의 목덜미라도 움켜쥐듯 그는 더욱 힘 있게 난간을 거

머쥐었다. 다시 발을 내밀었다. 더 이상 견딜 수 없을 정도로 힘이 들면, 무리하지 않고 난간을 붙든 채 그대로 서서 잠시 숨을 골랐다. 또다시 닫힌 문이 나타났고 붉은 등이 날름댔지만, 남수는 턱을 추켜올리며 혼자만의 선언을 외치고 또 외쳤다.

내가 여기에 있으니, 내가 바로 그 이유다! 너의 환영이 뜨거운 것처럼 나의 존재 또한 여기에서 이대로 뜨거울 것이다, 너보다 더욱 뜨겁게 세상을 물들이며 타올라 줄 것이다!

계속해서 그는 아래쪽 계단으로 다리를 뻗으며 잃어버린 오기를 주워 담았다. 이미 엉망이 된 허약한 몸으로 그는 그렇게 다시 한 번 시간의 수레 앞에 몸을 들이밀고 있었다.

얼마나 올라갔던 건지 알 수 없었으니, 얼마나 내려왔는지도 알 길이 없었다. 아내와 환이가 기다리고 있을 그곳조차 처음부터 어디인지 알지 못했으니, 그곳에 돌아간다고 하더라도 여전히 흐릿하고 모호한 세계일 것이다.

그럼에도 남수는 한시라도 빨리 그곳에 도착하고 싶었다. 그들을 만나고 싶었다. 어차피 해줄 수 있는 이야기는 없더라도, 그들 앞에 열린 문을 가리킬 수 없다고 하더라도 그들에게만큼은 마침내 끝나버린 기다림이 되고 싶었다. 낯선 그들을 불쑥 만나게 될까 올라갈 때에는 두려움이더니, 내려올 땐 어느새 그리움이 되었다. 두려움과 그리움이 어떻게 맞닿은 건지 알 수 없었지만, 그는 어서 두 사람을 만나고 싶었다. 어서 빨리 그들 앞에 두 팔을 벌려, 있는 힘을 다해 그들에게 무너지고 싶었다.

멈추지 않고 그는 계속해서 두 다리를 움직였다. 감각이 없어진 두 다리가 자꾸 꺾였지만, 난간을 부여잡고 버텼다. 몸은 자꾸만 쓰러질 듯 기울었고 중심을 잃은 발걸음이 뒤틀렸지만, 그는 있는 힘을 다해 허리를 꼿꼿이 세웠다.

얼마쯤 내려왔을까. 성급하게 계단을 내려서던 그의 발걸음은 갑자기 그 자리에 굳어버렸다. 견디기 힘들 만큼 몸은 무너지기 직전이었지만, 주저앉아 쉬려던 것은 아니었다. 새삼 아내의 손가락질이 걱정되었던 것도 아니었다.

그의 눈에 이상한 것이 보였다. 문은 여전히 닫혀 있고 머리 위에 등불은 흐릿한데, 굳게 닫혀 있는 문 옆에 무언가 적혀 있었다. 붉은 빛깔로 물든 벽 위였다. 분명히 올라갈 때에는 없던 것이었다. 언제나 한 치의 어긋남도 없이 똑같은 모습이었으니, 조금이라도 달랐다면 단박에 눈에 띄었을 것이었다.

기우뚱거리며 그는 벽으로 다가갔다. 벽 위에 적힌 것은 글자였다. 붉은색 벽 위에 글자가 쓰여 있었다. 마치 인간의 손이 아닌 다른 것으로 적은 것만 같은. 인간의 몸체가 필요 없는 존재가, 인간에게 계시를 전하기 위해 인간의 언어를 빌려 적어놓은 것 같은.

한 발 더, 그는 그림처럼 생긴 기울어진 글자에게로 다가갔다. 읽으려고 애쓸 필요도 없이, 그것은 단번에 그의 두 눈에 들어와 박혔다. 간신히 버티며 지친 몸을 끌고 내려온 그를 채근하듯, 희망까지 찢어버린 채 살아남으려는 그를 종용하듯, 벽 위에 적힌 두 글자는 바로 이것이었다.

'다시'.

너의 구구절절한 투정 따위 알겠으니까,
처음부터 '다시'.

5

다시아래

어디선가 바람이 새어들었다. 물론 그의 착각이었다. 밀폐된 공간 어디에도, 바람 같은 것은 새어들 틈이 없었다. 그러나 남수는 분명 목덜미를 스치고 간 바람을 느꼈다. 혼곤한 정신을 깨우는 시원하고 상쾌한 것이 아니라, 축축하고 뜨거운 기운이었다. 끈적거리는 열기가 목덜미를 핥고 뺨을 스치며 머리 위로 기어오르고 있었다. 바람이 아니라, 차라리 그것은 누군가의 입김이었다. 혀를 내밀 때 필연적으로 함께 쏟아져 내리는 뜨겁고 끈적거리는 기운.

빙하기의 생물처럼 그는 삽시간에 얼어붙어 버렸다. 그를 짓누르던 피로감마저 일순간 사라지고 없었다. 벽 위의 두 글자에 박혀버린 그의 눈은 멸종된 자의 동공처럼 꼼짝하지 않았다. 온몸을 타고 오르던 마비된 감각마저 증발해버렸다. 그 순간 그는 붉은 상자 속에 담긴 부속품이자, 아무렇게나 내동댕이쳐진 시간의 장난감이었다. 태엽이 감아지기를 기다리는, 혹은 단발의 명령어로 작동되어야 하는.

천천히 몸을 비틀어, 남수는 자신이 내려왔던 계단 위를 올려봤다. 고개만 움직여 내려가야 할 계단도 넘겨보았다. 그러나 어디에도 인기척은 없었다. 소용돌이치는 공간 속에, 붉은 고요만이 부유하고 있었다.

확실했다. 올라갈 때 붉은 벽 위엔 분명 아무것도 적혀 있지 않았다. 무엇이든 흔적을 찾고 있었으니, 그냥 지나쳤을 리는 없었다. 마구잡이로 뒤엉키는 생각 속에서, 또다시 시간의 혀가 슬쩍 그를 핥았다.

비명이 게워졌지만, 꿀꺽 삼켰다. 그렇게 적어놓고 사라져버린 어떤 존재가 자신의 절규를 지켜보고 있을 것이라 생각하니, 그는 도저히 입이 벌어지지 않았다. 그 모든 절규가, 그 모든 몸부림이 시간의 명령에 순응하는 것이었을지도 모른다고 생각하니, 명치끝이 쿡쿡 쑤셨다. 토악질이 밀려 올라왔다. 두 볼이 불룩해지도록 입을 꽉 다문 채, 그는 다시 한 번 붉은 공간을 둘러보았다. 여전히 육중한 무게로 닫혀 있는 문, 주홍색 빛깔을 쏟아내고 있는 등, 그리고 무력하게도 결심과 포기 사이를 오고가는 나약한 인간.

순간 남수는 최초의 결심이 생각났다. 그렇다, 여기에서 끝내면 모든 것은 사라진다. 단 한 순간도 내 것이지 않았던 수치스러운 생을 지금 이 순간 끝내버리면, 그제야 비로소 나는 내 삶의 주인이 된다. 끝내 그 무엇에게도 짓밟히지 않은, 내 손으로 적어 넣은 생의 종언!

천천히 주머니에 손을 밀어 넣어, 그는 잘 접혀 있던 칼을 꺼내들었다. 만약의 경우를 대비하여 소중히 간직해두었던 마지막 결심. 남수는 칼을 들어 어루만지다가, 자그맣게 발기한 돌기 위에 손가락을 올려놓았다. 아주 작고 사소한 결심이었는데, 기다렸다는 듯 칼날의 몸통이 철컥 일어섰다. 한 치의 어긋남도 허락하지 않을 날카로운 칼날은 몽롱한 불빛 아래서도 번뜩이며 빛났다. 숨어 있던 시간들이 얼마나 길고 애가 탔는지, 드러난 칼날은 춤이라도 추듯 희번덕거렸다.

남수는 빨갛게 물든 칼날을 천천히 목덜미에 가져다 댔다. 누구의 침이 번들거리는지 칼날 밑은 온통 미끄덩거렸다. 미약한 혈관의 박동이 쓸모없이 칼날을 밀어올리고 있었다.

결정적인 순간을 놓치지 않기 위해, 남수는 두 눈을 부릅떴다. 눈앞에 똑똑히 새겨진 두 글자를 노려보았다. '다시.'

그래, 언제나 그랬듯 비껴가기만 했던 시간이 이번에도 나를 배신할 수 없도록, 망설이지 말고 '다시!'

칼을 움켜쥐고 있던 손에 힘을 주었다. 이를 악문 채, 온몸의 세포들에게 그는 명령하고 있었다. 최초이자 마지막으로 주인의 이름을 되새기듯, 그는 생각의 입을 벌려 외치고 또 외

쳤다. '다시, 다시!'

"사람이 있어!"

그때였다. 그의 발아래서 소리가 들려왔다. 너무 익숙해서 오히려 낯선 목소리였다.

"당신 거기 있어? 이리 좀 내려와 봐, 여기 사람이 있다고!"

여전히 성별을 알 수 없는 목소리는 뒷덜미를 간질이며 그를 끌어당기고 있었다. 칼을 숨긴 채, 그는 난간 밖으로 고개를 내밀었다. 눈과 코와 입이 없는 붉은 얼굴이, 그를 올려보고 있었다. 사람이 있다고 했는데, 아무리 봐도 그건 사람의 형상이 아니었다.

"자기야, 좀 내려와 봐! 사람이 있어, 여기 사람이 있다고!"

그러나 남수는 섣불리 대답하지 못했다. 그의 머릿속엔 오직 한 가지 결심뿐이었다. 지루하고 거추장스러웠던 모든 것들을 마침내 심판하려는 아주 작고 사소한 결심, 이제 막 나락 밖으로 그를 떠밀고 있었던 바로 그 결심.

난간에 기댄 몸을 다시 세우며, 그는 손에 들었던 칼을 접어 주머니에 밀어 넣었다. 포기는 아니었다. 물러서는 것도 아니었다. 언제든 외칠 수 있는 혁명의 언어를 이제 알고 있기에, 프락치처럼 그는 배시시 웃고 있었다.

대단한 무장을 한 것도 아닌데, 남수는 마음이 든든했다. 계단을 내려서는 그의 두 다리는 훨씬 가벼웠고, 허리를 움켜쥔 통증마저 간질이는 듯했다. 더 이상 아무것도 두렵지 않았다. 어떤 조롱도 웃어넘길 수 있을 것 같았다. 언제든 '다시' 꺼내 들 수 있는 각오 때문에, 간결하게 그에게 승리를 안겨줄 날카로운 깃발 때문에.

여전히 몇 층인지 알 수 없는 공간에, 지애와 환이가 서로를 껴안고 있었다. 위쪽 계단에서 내려서는 남수를 보고는, 그제야 안도한 듯 그에게 바싹 다가섰다. 그들의 건너편 아래쪽 계단 벽에, 한 남자가 서 있었다. 키가 작고 왜소한 남자였다. 학생들이나 매고 다니는 백팩을 한쪽 어깨에 맸는데, 그것은 기이하게 거대했다. 그토록 커다란 가방이 세상에 있나 싶을 만큼 큰 크기였다. 흡사 검정색 쌀가마니를 짊어진 사람 같았다. 허름한 후드 티셔츠를 입고 있었는데, 붉은 불빛 때문에 그것이 남색인지 검은색인지 알 수는 없었다. 그저 커다란 가방의 끈을 단단히 붙들고 있는 그의 몸짓이 어쩐지 불안해 보였다.

"저, 이상한 사람 아니에요. 저도 출구를 못 찾아서… 그래서 출구를 찾으려고 돌아다니고 있거든요."

다급하게 덧붙이는 그의 목소리는 변성기가 채 지나지 않은 듯 가녀리고 높았다. 조금은 통통한 체구에 잔뜩 어깨를 움츠린 모습이 더욱 의심을 부추기고 있었다.

"그럼, 당신은 어디서 들어왔지?"

남수는 조금 더 그에게 다가섰다.

"저는… 주차장에서요. 지하 주차장 7층인가 8층에 차를 대고 엘리베이터에 사람이 너무 많아 계단으로 올라왔던 건데, 갑자기 정전이 되면서 문이 닫혀버렸어요. 아무리 돌아다녀도 출구를 찾을 수가 없었고요. 진짜예요, 진짜라고요."

거듭 반복해서 진짜라고 말하는 그의 말투가 남수는 오히려 거슬렸다.

"당신, 그거 거짓말이야. 내가 아까 지하 십몇 층까지 내려갔다가 왔는데, 사람 코빼기도 보질 못했다고. 나나 이 사람이 큰 소리로 외쳤던 걸 들었을 텐데, 그럼 왜 그때에는 나타나지 않았지?"

분명 열여섯까지 세면서 아래로 내려갔던 것을, 그는 똑똑히 기억했다. 처음에 들어선 곳이 4층이나 5층이라고 하더라도 그가 내려갔던 층은 족히 10층은 넘었을 것이었다.

"그건 아저씨가 잘 모르셔서 그래요. 이 건물 지하는 계단 한 층이 건물의 한 층이 아니라, 계단으로 두 층을 내려가야 건물의 한 층에 해당되는 거라고요. 각 층마다 작은 물류 창고들이 붙어 있고, 주차장 자체의 높이를 높게 짓는 바람에 계단으로 두 층을 내려가야만, 실제 건물의 한 층에 해당되는 거예요. 그러니까 계단으로 10층을 내려가더라도, 실제로는 다섯 층밖에 못 내려간 거죠."

순식간에 남수의 표정이 일그러졌다. 네가 온 힘을 다해 도착했던 그곳이 얼마나 남루한 거리였는지 알고 있느냐, 그는 남자에게 힐난이라도 듣는 기분이었다.

"이봐, 당신은 갑자기 나타났어. 우리가 아래위로 샅샅이 훑어보고 있는 중이었고, 소리를 지르며 문을 두드려가며 사람을 찾았는데, 그것마저 들리지 않았다는 말이야?"

"아니요, 들리긴 들렸는데… 저도 어떻게 해야 하나 망설이고 있었고, 그래서 고민을 하다가 아무래도 다 같이 모여 방법을 찾아보는 게 낫겠다 싶어서 이렇게 올라온 거고요."

"엄마, 목말라."

지애의 품에 안겼던 환이가 칭얼거리자, 어정쩡하게 서 있던 남자는 어깨에 멘 커다란 가방을 내려 열었다. 그리고 그 속에서 2리터짜리 생수통 두 개와 은박지에 싼 김밥 여러 줄을 꺼내 환이 앞에 내밀었다. 환이는 와락 달려들었지만, 지애는 아이의 뒷덜미를 붙들었다. 아이가 칭얼댔지만 그녀도 아직 그를 신뢰할 수만은 없었다.

그러자 남자는 직접 생수통 뚜껑을 열어 자신의 입에 콸콸 털어 넣었고, 비닐봉지 안에 김밥도 꺼내 맛있게 먹었다. 그리고 환이와 지애를 향해 괜찮다는 듯 고개를 끄덕였다. 그제야 아이는 달려들어 물과 음식들을 아귀아귀 입속에 밀어 넣었고, 마른 침만 삼키고 있던 지애도 슬그머니 음식 앞에 주저앉았다. 갈증을 견디지 못하고 있던 남수도 경계의 눈빛을 지우지 않은 채, 털썩 주저앉아 물을 들이켰다.

"제가… 평소에 물을 좀… 많이 마셔서요."

남자는 더듬거리며 그렇게 말해놓고는 다시 눈길을 피했다.

어설프게 얼버무리는 그의 몸짓을 마음속에 새기며, 남수는 또 다시 주머니에 감춘 칼을 생각하고 있었다. 입속에 든 음식을 꾸역꾸역 씹으며, 그는 남자를 향해 엉성하고 웃고 있었다.

어디인지 알 수 없는 그곳에,
그렇게 또 한 사람이 갇혔다.

"학생은 휴대폰이 없나?"
물과 음식 덕분에 기운을 차렸지만, 그래선지 그들의 불안도 더욱 또렷해졌다. 남자는 아래쪽 계단에 웅크리고 앉아 자신이 올라왔던 계단을 바라보고 있었다.
"있어요, 있기는 한데… 여기서는 안 터지더라고요. 지하라서 안 터지는 건 줄 알았는데, 올라오면서 확인을 해봐도 계속 똑같아요."
믿지 못하는 남수의 눈치를 알겠는지, 그는 주머니를 뒤적여 휴대폰을 내밀었다.
"정말이에요. 자, 보세요."
남수는 그의 휴대폰을 받아 통화 버튼을 눌렀고, 남자의 말대로 통화권 이탈이라는 메시지는 다급하게 떠올랐다. 긴급통화버튼까지 눌러봤지만 소용없었다.
"학생은 왜 이리로 들어왔지? 혹시 그 아래 지하 계단 입구도 막혀 있지 않았나? 빨간 띠로 말이야. 사람들 드나들지 못하게.”

“길을… 잘못 알았어요. 저도 익숙하지 않은 건물이라서… 낯설어서요. 벨트 차단봉으로 막혀 있기는 했는데, 혹시나 하고 들어왔다가 갑자기 불이 꺼지고 문이 닫혀버렸어요.”

“이상하네?”

남수는 과장되게 고개를 꺾었다.

“아까 말하는 거 들어보니까, 학생은 여기가 낯설지 않은 것 같은데… 이 건물에 대해서 잘 알고 있는 것 같아서 말이야.”

“아니에요, 잘 몰라요. 정말이에요. 그냥… 그냥 이 근처에 살거든요. 그리고 여기서 잠깐 아르바이트를 한 적이 있어서… 그래서 사람들한테 이것저것 많이 들었어요. 이 건물에 대해서… 지어질 때 무슨 일이 있었는지, 어떻게 지어졌는지 그런 거요.”

그러나 그의 대답은 영 미덥지가 않았다.

“그리고… 저, 학생 아니에요.”

그가 남수를 똑바로 본 것은 처음이었다. 학생이 아니라고 말하는 그의 모습에선 특별한 결심이 느껴졌다. 딱히 부를 만한 호칭이 없어 고등학생이든 대학생이든 상관없을 것 같아 학생이라고 불렀던 건데, 사소한 차이조차 견딜 수 없는 듯 그의 말투는 단호했다.

“저는… 제 이름은, 수현이에요.”

그러자 지애의 품에 안겼던 환이가 반색하며 소리쳤다.

"우와! 기… 김수현!"

"아, 아니. 난 천… 수현, 탤런트 김수현 아니고."

그렇게 말해놓고 그는 환이를 향해 환하게 웃었다.

"그래, 그럼 수현이… 그렇게 편하게 불러도 되겠지? 그럼 자네는 지금 이 상황이 어떻게 돌아가고 있는 건지 알고 있나? 우리가 왜 여기에 이렇게 갇혀 있는 걸까? 저 바깥에는 지금 무슨 일이 일어나고 있는 건지, 혹시 자넨 아는 게 있나?"

어른스럽게 대하는 척 그의 의견을 물었지만, 실은 비아냥거림에 지나지 않는 것이었다. 수현은 잠시 망설이는 듯싶더니, 다시 주머니에서 휴대폰을 꺼내 바닥에 내려놓았다. 그리고 전원을 켜 손가락을 놀리더니, 무언가를 화면 위에 띄웠다. 두 개의 동그라미였다. 검은 화면에 두 개의 동그라미가 통통 튀며 움직이고 있었다. 서로 엇갈린 동그라미의 교차된 공간 안에, 커다란 숫자가 떠올랐다. 마이너스 4였다.

"이게 뭐지?"

남수가 물었다.

"이 숫자가 아까는 마이너스 2였어요. 지하에서 올라올 때요."

여전히 그의 대답을 이해하지 못한 그는 다시 한 번 물었다.

"그래서?"

수현은 휴대폰 주변으로 모여든 모두와 눈을 맞추며, 조심스럽게 입을 열었다.

"이 건물이 한참 지어질 때, 이 근처 공원에 있는 커다란 호수의 수심이 2미터나 낮아졌어요. 이 건물의 지반을 만들려고 파헤치면서, 그 호수에 있던 물이 이 건물의 지반으로 스며들었던 거지요. 그걸 숨기고 옆에 있는 강에서 물을 빼다가 호수에 채워 넣으면서 공사를 진행했고, 그러는 동안 그 호수의 물이 계속해서 이 건물의 지반을 침하시켰다는 소문이 파다했거든요. 세계에서 두 번째로 높은 건물을 짓는다고 하니까, 우리나라 최고의 랜드 마크가 될 거다, 우리나라의 건축 기술을 세계에 알리는 기회가 될 거다, 이렇게 국가적 지원 사업으로 추진되면서 그런 모든 문제들은 사소한 것이 되어버렸죠."

그의 한숨은 더욱 깊고 짙어졌다.

"크고 거대한 목표일수록 우리는 희생이 필요하다고 생각하잖아요? 희생이 필요 없는 일들까지 말이죠. 희생이 아닌 것도 희생이라고 합리화하면서요."

그러나 남수는 여전히 그 숫자의 의미가 이해되지 않았다.

"그래서 뭐가 어떻다는 거지?"

한숨이 밴 수현의 목소리는 떨고 있었다.

"이건 수평기에요. 계단을 올라오면서 이렇게 숫자가 변한다는 건, 이 건물이 지금 아주 미세하게 조금씩 기울고 있다는 거죠."

남수와 지애의 눈이 휘둥그레졌다.

"몇 층 더 올라가서 측정을 해야 확신을 할 수 있겠지만, 지금 우리가 갇혀 있는 이 건물은, 조금씩 무너지고 있는지도 몰라요. 우리도 모르는 사이, 아주 조금씩… 조금씩."

　약속이라도 한 듯 그들은 천천히 고개를 들었다. 그들의 머리 위에는 셀 수 없이 많은 계단들이 소용돌이치며 끝없이 뻗어 있었다. 그러고 보니 한가운데서 올려다본 계단의 모양은 어쩐지 한 쪽으로 기울어져 있는 듯했다. 거대한 괴물의 목덜미처럼 꿈틀거리고 있었다. 정체를 알 수 없는 묵직한 기계음은 거대한 몸체에 숨을 불어넣는 소리 같기도 했고.

　그들은 지금 괴물의 뱃속에 있었다.

　자신도 모르는 순간 삼켜진,
이 세계의 포만감이었다.

6

아래는

　건물이 붕괴되고 있을지도 모른다는 수현의 말에, 지애는 몸을 떨기 시작했다. 두 팔로 제 몸을 쓰다듬다가, 손가락으로 바닥에 보이지 않는 것들을 그리는 환이를 끌어안았다. 그것만으로도 갑자기 들이닥친 불안을 어쩌지 못하겠는지, 그녀는 아예 일어서서 이리저리 서성거렸다. '그래서 모두들 대피 중이었던 거야, 우리가 여기에 갇힌 줄도 모르고 있었던 거야.' 망자(亡者)처럼 그렇게 중얼거리다가 그녀는 또다시 쓰러지듯 모퉁이에 쪼그려 앉았다.

　있는 힘껏 몸을 웅크려 훌쩍이는 그녀를 보고 있자니, 남수는 그녀가 참으로 어리석게만 느껴졌다. 곱지 않은 눈으로 아내를 보고 있긴 했지만, 그 역시 그렇게 두려움에 사로잡혔던 때가 있었다. 집, 가족, 그리고 아버지. 세상 모든 이들이 행복하고 그리운 것이라 말하던 그 모든 것들이, 어린 남수에겐 두려움의 서로 다른 층위였다.

그에게 집은 돌아가고 싶은 곳이 아니었다. 그래도 집 말고는 달리 갈 곳이 없어 무기력한 걸음으로 학교에서 돌아와 마루에 걸터앉으면, 금방이라도 아버지가 문을 걷어차며 들어올까 봐 그는 언제나 두려움에 떨었다. 생각만으로도 그는 이미 아버지를 피해 어디론가 달아나고 있었다. 작은방은 어린 그를 두고 도망쳐버린 엄마의 물건들로 가득 차 들어갈 수도 없었다. 그녀가 사라지고 난 뒤, 아버지는 그녀의 모든 물건들을 방에 몰아넣고 자물쇠를 채워버렸다. 그녀가 돌아오면 단번에 불을 질러 활활 타오르는 광경을 보여주겠다고, 아버지는 마루 아래 휘발유 통까지 숨겨놓고 있었다.

어쩔 수 없이 아버지와 같은 방에서 지내야 하는 그에게 달리 도망칠 곳은 없었다. 집을 뛰쳐나가더라도 작은 마을의 눈들은 쉽게 그를 아버지 앞으로 끌어다놓았고, 도망친 안도감보다 다시 돌아와야 한다는 공포가 그에겐 더욱 견디기 힘들었다. 시시각각 다가오는 아버지의 귀가 시간은 어린 그를 옥죄는 사슬이었다. 걷어차이지도 않은 허리는 이미 욱신거리며 아파왔고, 입속엔 벌써 피 냄새가 그득했다. 마루 위에 작은 무릎을 끌어모아 쪼그려 앉은 어린 그의 두 눈엔, 이미 눈물이 가득했다. 마침내 집에 돌아온 아버지는, 울고 있는 그를 보면 더욱 심하게 매질을 해댔고.

그러던 어느 날, 남수는 아버지의 매질을 피해 집 밖으로 뛰쳐나왔다가 이상한 것을 보았다. 엉엉 울며 집 뒤편 암흑으로 뒤덮인 산자락에 뛰어들었는데, 고개를 들어보니 저만치 수수밭 한가운데서 시커먼 사람의 그림자가 그를 넘겨보고 있었다. 분명 그 너머는 인가가 없는 산 쪽으로 이어진 길이고, 있는 것이라곤 잡초가 가득한 무덤 하나가 반쯤 허물어져 버려져 있는 것뿐이었는데.

순간 그의 온몸에 털이 쭈뼛 섰다. 두들겨 맞은 데서 오는 통증은 순식간에 사라지고 없었다. 차라리 몽둥이를 든 아버지의 인기척이 그 순간 더욱 간절했다. 비명을 지르며 내달렸지만, 오금이 저린 발걸음은 마음대로 움직이지 않았다. 몇 발자국 뛰지도 못하고 발이 겹질려 그는 그만 바닥에 곤두박질치고 말았다. 소름끼치는 공포에 아픔에 엉엉 울고 있는데, 갑자기 사방의 고요가 슬그머니 그의 머리 위에 내려앉았다. 훌쩍이며 고개를 돌려보니 시커먼 사람의 그림자는 여전히 그 자리에서 흙구덩이가 된 그를 넘겨보고 있었다. 또다시 울음이 터지려 두 볼이 부풀어 올랐는데, 말개진 그의 두 눈에 어둠의 색이 층층이 들어왔다. 그저 까맣다고 생각했던 암흑이 저마다 다른 색의 어둠으로 나뉘고 있었다. 서로 다른 검은 빛이 익숙한 마을의 풍경을 그리며 그의 눈에 점점 또렷하게 들어왔다.

어린 남수는 자신을 넘겨보고 있는 시커먼 그림자를 향해 조금씩 다가갔다. 여전히 꼼짝도 않은 채 거대하게 어깨를 부풀리며 그곳에 서 있던 사람의 형체. 당장이라도 입을 벌려 그를 집어삼킬 것만 같은 그림자 앞에 서서, 그는 작은 고개를 들어 올려 그것을 바라보았다. 목이 꺾인 수숫대 여러 개가 서로에게 어깨를 걸고 쓰러져 커다랗게 솟아 있었다. 희미한 달빛에 비추어 꺾어진 수숫대의 모양은 신기하게도 사람의 형체를 하고 있었다.

눈물을 닦으며 그는 한숨 같은 웃음을 토했고, 그제야 천천히 주위를 둘러보았다. 어느새 새카맣기만 했던 시골의 밤풍경은 허물을 벗은 듯 속속들이 그의 눈에 들어왔다. 달라진 것은 시간의 색이었을 뿐, 변함없이 그를 둘러싸고 있던 것은 평화롭고 조용한 고향 마을의 정경이었다.

그날 밤, 어린 남수는 겁도 없이 허물어진 무덤의 봉분 꼭대기에 한참을 앉아 있었다. 어둠 속에 드러난 또 다른 세상을 신기하게 바라보며, 여전히 사람의 형체로 교교하게 그를 내려다보는 수숫대의 호위를 받으며.

그 후로 두려움이나 공포는 그에게 불안의 근원이 아니었다. 그것은 그저 실체를 알아야 하는 호기심이었고, 모자란 생각이 만들어낸 크기만 커다란 그림자였다. 기분 탓인지 실제 그의 키가 자랐던 건지는 알 수 없었지만, 그때 이후로 어린 남수의 눈에 아버지의 모습은 조금씩 작아지고 있었다.

무슨 방법을 마련해야 할 것 아니냐고 지애가 소리쳤을 때, 남수는 그녀의 절규가 해결책이 아님을 알고 있었다. 자신의 어깨에 매달려 훌쩍이고 있는 지애를 향해, 그의 말투는 오히려 건조하고 차분했다. 봉분 위에 앉은 듯 그의 눈 속은 서늘했다.

"내려가지."

그러나 울음이 묻은 그녀의 대답엔 짜증이 뒤섞였다.

"당신 아까도 내려갔다가 왔잖아? 아무것도 없었다면서?"

"아니, 이번에는 끝까지 내려가자고. 저 친구 말이 맞는다면, 아까는 반도 못 내려갔다가 온 거잖아? 이제는 여기 건물의 구조를 잘 알고 있는 친구도 있으니, 저 친구와 같이 내려갔다가 오면 무언가 나갈 방도를 찾을 수도 있지 않겠어?"

신뢰가 전부는 아니었지만, 수현을 바라보는 지애의 눈빛도 간절했다.

"아뇨, 제가 이 건물을 전부 다 알고 있는 건 아니에요. 저도 사실 그냥 소문만 듣고… 사람들의 이야기만 듣고 몇 가지를 알고 있는 것뿐이라고요."

"그래도 우리보다는 많은 걸 알 거 아냐? 네 말대로 지하 7층인가 8층에서 들어왔는데, 밑으로 내려가지 않고 위로 올라온 데는 무슨 이유가 있겠지? 여기를 잘 알고 있는 사람이니, 우리처럼 그냥 무작정 오르내리느라 시간을 허비하지는 않았을 테고… 아래쪽이 아니고 위쪽으로 올라왔을 때는, 무슨 이유가 있었을 거 아냐? 그렇지?"

수현은 쉽사리 대답을 못하는 눈치였다. 할 말이 없는 것이 아니라, 해서는 안 되는 말이 있는 듯했다.

"네가 말한 것처럼 한 층을 내려가기 위해 계단으로 두 층을 내려가야 한다면, 기껏해야 삼십 층 정도만 내려가면 되는 거잖아? 여기 지하 주차장이 몇 층까지 있다고? 12층? 15층?"

알고 있는 걸 말하지 않는 듯 그의 입매가 단단했다.

"거기도 문이 닫혀 있으면 어떡해?"

"그때에는 다시 올라오면 되는 거지. 그러면 이제 더 이상 그쪽으로 내려가 시간을 허비할 일은 없을 거 아니야? 저 친구랑 같이 내려가면 한 층씩 나누어 맡아, 문이 열린 곳을 확인하면 되니까 시간도 절약될 테고 말이야. 안 그런가?"

그는 수현에게 묻고 있었지만, 어차피 대답을 기대한 것은 아니었다. 그는 오직 한 가지 생각뿐이었다. 지금은 그저 주어진 모든 것을 이용해, 할 수 있는 모든 것들을 해야 하는 때. 섣불리 판단하지 않고 우리가 서 있는 자리를 잃지 않으며, 가장 이성적인 발걸음을 시작해야 하는 때.

남수는 그의 대답을 듣지도 않고 먼저 몸을 일으켰다. 삼십 층 정도라면 물이나 음식은 필요치 않겠지? 그럼에도 주섬주섬 가방을 메고 있는 수현의 모습이 의심스러웠지만, 그는 더 이상 아무것도 묻지 않기로 했다. 그저 주머니에 든 칼을 다시 한 번 만지작거리며, 어린 시절 그를 호위했던 수숫대처럼 커다랗게 어깨를 부풀렸다.

수현이 앞서 걷도록 남수는 그의 발걸음을 뒤따르기만 했다. 그는 남수가 그랬던 것처럼 닫힌 문으로 다가가 손잡이를 돌려보았고, 열리지 않는 문을 확인하고는 남수의 눈치를 살피더니 다시 아래로 내려갔다. 그가 계단을 내려가 닫힌 문을 확인하는 모습을 보면서, 남수는 아무 말 없이 그를 응시하고 있었다. 그의 대답이라도 기다리는 듯 수현이 문 앞에서 잠시 머뭇거리다가, 또다시 아래로 내려가고 다시 또 아래로 내려갈 때까지.

"같이 하기로 하지 않았나요?"

숨을 헐떡이며 그는 또다시 닫힌 문 앞에 섰다. 느린 걸음으로 막 계단을 내려서던 남수는 그의 반문에 어깨만 으쓱했다.

"난 말이야, 이미 아까 다 해봐서 말이야. 그러니까 자네처럼 그렇게 열심히 열어보고 또 열어보고 그럴 필요가 없지. 자네는 그 문들을 열어보려는 생각조차 해본 적이 없어서 그렇게 열심히 열고 있는지 모르지만, 나는 이미 아까 다 확인해봤거든."

놀림이라도 당한 것처럼 수현은 눈을 부라렸다.

"그러면 도대체 왜 아래로 내려가자고 한 거죠? 확인도 하지 않을 거면요?"

닫힌 문에 기대어 그는 가쁜 숨을 몰아쉬었다.

"내가 확인하고 싶은 건 저 문이 아니라, 너야. 무언가 감추고 있는 너, 우리에게 말하지 않은 비밀을 걸어 잠그고 있는 너."

그러나 그는 남수의 눈을 피하며 또다시 아래쪽 계단으로 뛰었다. 다시 제자리로 돌아온 것처럼 그는 닫힌 문 앞에 서서, 또 다시 손잡이를 돌려보았다. 여전히 문은 열리지 않았다.

"너는 처음부터 그 문들을 열어볼 생각조차 없었던 거야. 우리처럼 갇혔던 게 아니었으니까, 올라오면서 모든 문을 일일이 열어볼 필요가 없었던 거지. 자신이 잘 알고 있는 건물의 지상 층으로 올라와서, 그저 문을 열고 나가면 될 거라고 생각했거든."

다시 아래쪽 계단으로 뛰고 있는 수현의 몸짓은 어쩐지 도망이라도 치는 것 같았다.

"뭐하는 놈이지? 도대체 일부러 막아놓은 여기에는 왜 들어온 거야? 좀도둑인가? 어디 물건이라도 쌓아놓은 걸 훔치려고 들어온 거야? 사람들이 퇴근할 때까지 숨어 있으려고, 그렇게 물과 음식들을 바리바리 싸가지고 왔던 거고?"

이미 다 알고 있는 듯 그의 물음은 간결했다.

"잘 아시네요. 맞아요, 물건 훔치러 들어온 거. 이 건물 1층에 아시아에서 제일 큰 명품 백화점이 들어섰거든요. 아직 창고들이 다 완성되지 않아, 그 물건 박스들을 지하 맨 아래층

창고에 임시로 보관해뒀어요. 제가 그 물건 쌓는 아르바이트를 했는데, 그래서 잘 알거든요. 도망갈 통로랑 알아봐야 해서, 건물 구조도 알아봤고요. 그래서 아저씨 목소리 들렸을 때, 아는 척하지도 않고 숨어 있었던 거고요."

또다시 닫힌 문의 손잡이를 붙들고, 그는 구토하듯 한꺼번에 쏟아냈다. 손잡이를 돌리는 그의 손길은 어쩐지 더욱 다급해졌다.

"1층까지 올라갔는데… 거기 문도 닫혀 있었어요. 그래서 하는 수 없이 더 위로 올라갔던 거고요. 제가 맨 아래층에다가 물건을 숨겨놨거든요. 왜요, 경찰에라도 신고하시게요?"

남수는 피식 웃고 말았다. 계속 그를 쫓아 계단을 내려가면서, 그의 호흡도 조금씩 차오르고 있었다.

"돈이 왜 필요하지?"

"돈 필요한 데 이유가 있나요? 잘 먹고 잘 살려고요."

"아르바이트했다면서?"

"아저씨는 아르바이트해서 잘 먹고 잘 살아지던가요? 아르바이트도 어느 집 자식들이 하느냐에 따라 다르거든요. 있는 집 자식들이나 아르바이트해서 몇 백을 모으고 몇 천을 모으는 거지, 저 같은 건 어림도 없어요."

"그래도 어린 친구가 도둑질까지 해가면서 돈을 떠올렸을 땐, 무슨 다른 이유가 있었을 것 같은데?"

"이유 같은 건 없어요. 돈이면 되지 무슨 이유가 필요해요?

돈이 이유고, 돈이 해답이지요. 돈이 정의고 돈이 착한 거고, 돈이 진실인 거랑 마찬가지죠."

계속해서 그는 아래로, 아래로 내려갔다. 그리고 닫힌 문을 확인하고, 다시 또 아래로 내려가고 똑같은 모습으로 나타난 문 앞에 섰다. 조금씩 더 빨리 계단을 뛰어 내려가면서, 두 사람의 질문과 대답은 이리저리 엇갈렸다. 질문이 대답이 되고 대답이 다시 질문이 되면서, 두 사람은 또다시 제자리로 돌아와 있었다. 숨을 몰아쉬고 있었지만, 그들은 여전히 붉은 등 아래였고 닫힌 문 앞이었다.

"왜요, 이번에도 제 말이 안 믿겨져요? 그러면 내려가요. 더 내려가서 저 밑에 제가 숨겨놓은 물건들을 확인해요. 가방 하나만도 천만 원짜리거든요. 짝퉁이라고 구라치고 반값에만 팔아도 오백이에요, 오백! 그게 열 개면 오천이고요. 그거면 이유가 충분하지 않나요?"

대답은 들으려 하지도 않은 채, 그는 다시 계단 아래로 뛰었다. 다시 그에게 질문을 던지며 남수는 계속해서 그를 따라 내려갔다. 그들은 이제 계단을 따라 쫓고 쫓기는 두 사람이었다. 알 수 없는 곳으로 끝없이 곤두박질치고 있는.

"그래서? 그걸로 진탕 먹고 마시며 놀겠단 이야기야? 아니면 유치한 영화나 드라마처럼 병상에 누운 부모님이라도 계신 건가? 잘해봐야 스무 살이나 먹었을 것 같은데, 그렇게 놀고 마실 씀씀이가 돼? 빚이 있나? 어린 나이에 도박에 빠졌을 리도 없고, 혹시 여자 친구 임신이라도 시켰어?"

돌고 또 돌며 그들의 이야기도 제자리였다. 계속해서 계단을 뛰어 내려가면서, 다시 붉은 등과 닫힌 문을 만나는 두 사람도 제자리였다. 이제는 거의 뜀박질을 하듯 뛰어 내려갔는데, 어느 순간 갑자기 수현이 숨을 몰아쉬며 멈춰 섰다. 남수는 숨을 고르며 계속 그를 다그쳤다.

"왜, 찔리나? 그래도 알량한 죄책감 같은 게 있는 거야?"

그러나 수현은 대답도 없이 황급히 계단 아래로 뛰었다. 그리고는 난간 너머로 목을 빼 다시 아래쪽을 넘겨보았다. 두리번거리며 무언가를 찾는 듯하다가, 그는 또 한달음에 계단을 내려가 두리번거렸다. 닫힌 문을 열어보고 발길질하고 다시 또 난간 너머를 넘겨보다가, 그는 머리칼을 움켜쥐었다.

"뭐야, 왜 대답을 못해? 또 무슨 핑계를 대려는 수작이야?"

"스물넷이요."

"뭐야?"

"저 위가… 스물 넷, 여기가 스물다섯이라고요!"

"그게 무슨 소리야?"

"제 계산이 틀리지 않았다면, 아저씨랑 아줌마가 있는 데가 지상 3층, 거기서 1층까지 내려오고 그 다음에 하나씩 세어 내려왔으니까, 저 위가 지하 12층이라고요!"

"그래서 뭐가 어쨌다고?"

남수를 보고 있던 수현의 눈이 일그러졌다.

"이 건물엔 지하 12층까지밖에 없어요. 저 위가 마지막 층이라고요. 지하 12층… 마지막 층인데, 분명히 물건 상자들이 쌓여 있던 곳이었는데, 내가 물건을 빼내서 숨겨놓은 곳인데……."

남수는 그제야 계단 난간 너머로 목을 빼 내려다봤다. 그러나 그의 눈에 보이는 것은 여전히 끝도 없이 아래로 이어진 계단의 소용돌이였다. 어디에도 그가 말했던 물건 상자라던가, 임시창고 같은 것은 보이지 않았다. 어디서 흐트러진 걸까? 우리의 기억이나 믿음은 어느 순간 우리를 이렇게 혼돈 속에 밀어 넣어버린 걸까?

남수는 순식간에 달려들어, 그의 멱살을 움켜쥐었다.

"너 이 자식! 꿍꿍이가 뭐야? 도대체 네 놈 꿍꿍이가 뭐냐고? 여기서 무슨 짓을 하려고 우리한테 그런 거짓말을……."

그러나 힘을 주어 수현의 멱살을 움켜쥐던 남수는 그대로 뒷걸음질치고 말았다. 그의 팔뚝 아래에, 무언가 다른 것이 와닿았다. 다른 촉감의 것이었다. 단지 비대해진 살덩이라고 생각할 수 없는, 더욱 물컹하고 탄력 있는 느낌의 덩어리. 양쪽으로 나뉘어 단단히 고정되어 있는 인간의 몸체.

주춤거리며 남수는 쥐고 있던 멱살을 놓쳤다. 가슴을 매만지며, 수현은 황급히 옷매무새를 추슬렀다.

"뭐… 뭐야, 너 이 새끼… 너… 누, 누구야! 정체가 뭐야!"

그때였다. 쿠르릉, 쿵쿵. 멀리서 엄청난 굉음이 밀려오고 있었다. 마치 사방에서 거대한 열차가 그들을 향해 돌진해 오고 있는 듯했다. 두 사람의 발아래를 가르며, 그것은 온 사방을 뒤흔들고 있었다.

놀란 눈으로 그들은 주위를 두리번거렸다. 그들을 둘러싸고 있던 붉은 빛 공간이 미친 듯이 몸을 떨었다. 한 번도 느껴보지 못한 진동이 굉음을 내며 그들의 머리 위에 쏟아져 내렸다. 공포에 질려 서로를 바라보던 두 사람은 누가 먼저랄 것도 없이 계단 위로 뛰었다. 있는 힘을 다해 위쪽으로, 위쪽으로 내달렸다. 머릿속에 떠올랐던 모든 감정과 혼란을 지우며, 사방을 뒤흔드는 진동은 한꺼번에 그들을 밀어올리고 있었다.

공포였다. 마침내 눈앞에 드러난 위협이었다. 좀 전까지도 그들을 단단하게 지탱하고 있다고 믿었던 세계의, 붕괴였다.

7

위로

지애의 비명소리는 멀리서도 날카롭게 들려왔다. 한달음에 그녀가 있는 층으로 뛰어올라, 남수는 먼저 환이를 끌어안고 다시 위로 뛰었다. 어차피 다른 길은 없었다. 어디로든 도망치려는 몸짓은 본능이었으며, 그들 앞에 열려 있는 길은 하나뿐이었다. 뒤를 돌아, 탈출해온 곳을 향해 달아날 수는 없는 일이었다.

얼마나 그렇게 뛰었을까. 그들은 더 이상 위로 올라가지 못하고 숨을 헐떡이며 쓰러졌다. 단 한 걸음도 내딛지 못하고 녹초가 되었을 즈음, 굉음을 내던 사방의 흔들림도 조금씩 잦아들었다. 발밑까지 따라왔던 진동도 어느새 사라지고 없었다. 그토록 온 힘을 다해 뛰어 다시 제자리에 돌아온 것처럼, 그들이 주저앉은 곳은 이번에도 굳게 닫힌 문 앞이었다. 자신도 모르게 그들은 붉은 등을 올려보고 있었다.

"헉헉… 뭐야, 무너지는 거야? 정말 무너지고 있는 거야?"

공포에 질려 지애는 숨을 헐떡였다. 수현은 다시 주머니 속에서 휴대폰을 꺼내 바닥에 내려놓았다. 엇갈린 두 개의 동그라미 속으로 마이너스 6이라는 숫자가 떴다.

"기울고 있는 것 같아요, 조금씩이요."

와락 울음을 터뜨리며 지애는 환이를 끌어안았다. 이제 어쩌면 좋으냐고 거듭 물었지만, 대답할 수 있는 사람은 없었다.

"수현 씨는 알지 않아요? 그래도 우리보다는 잘 알고 있을 거 아니에요? 나갈 방법이 있는 거죠, 나갈 길이 있는 거죠?"

"저놈을 어떻게 믿어?"

남수의 말투는 잔뜩 곤두섰다. 자신의 손에 닿았던 기괴하고 낯선 감촉이 떠올라, 그는 부르르 몸을 떨었다. 불쾌했다. 갑자기 끼어든 생소한 감정 때문에, 무언가 훼손되어버린 기분이었다. 흔들리고 있는 것은 건물이었는데, 그의 머릿속에서 또 다른 것이 위태롭게 기우뚱거리고 있었다.

"저놈이 이 건물을 지은 것도 아니고, 하다못해 건축에 대해 뭘 알고 있는 놈도 아니잖아? 이제 겨우 스물이나 먹어 자기 멋대로 살고 있는 철부지를 뭘 어떻게 믿어?"

손가락질이라도 당한 듯 수현이 그를 쏘아보았다. '스물'이나 '철부지'라는 말에서가 아니라, '멋대로'라는 말에서였다.

"그럼 어떡해? 그래도 저 사람이 여기 건물에 대해 잘 알고 있잖아? 지금 의지할 수 있는 건 저 사람밖에 없잖아?"

남수는 대답하지 않았다. 그저 자꾸 또렷해지는 불쾌감을 곱씹고만 있었다. 언제나 그런 것들이 있다. 나의 계획과 예상을 배반하며, 불쑥 내 삶에 침범하는 것들. 내 허락도 없이 내 생각 속을 파고들어 온통 헤집어놓는 역겨운 것들.

"뭘 봐?"

침을 뱉듯 그는 그렇게 쏘아댔다. 또다시 그는 자신의 두 눈 앞에 둥둥 떠다니는 벌레를 보고 있었다.

상관없다, 저놈이 무엇이든 어떤 놈이든 내가 저놈을 믿지 않으면 되는 일이다. 저놈을 내 삶에서 밀어내면 그뿐, 지금은 저놈의 정체를 가지고 왈가왈부할 여유가 없지 않은가?

코웃음을 치며 그는 고개를 외로 틀었다. 그러나 그가 억지로 집어삼킨 한 마디를 뱉은 것은, 오히려 수현이었다.

"상관없어요."

"뭐, 인마?"

이제 그는 영락없이 시비조였다.

"나는 나를 믿으니까요."

무릎을 감싼 깍지를 더욱 단단히 조이며, 그는 다시 한 번 힘주어 말했다.

"아저씨는 저 바깥에서 믿고 의지할 것을 찾으며 살았는지 모르지만, 난 그딴 거 필요 없어요. 나는 나를 믿으니… 나는 나를 믿는 내가 먼저니까."

"저 자식이 뭐래는 거야?"

"나는 나 자신조차도 내가 아닐 수 있다는 걸 알거든요. 나의 믿음, 내가 살고 있는 이 세계, 심지어 내 존재까지, 그게 모두 허상일 수 있다는 걸 이미 알고 있거든요. 외롭긴 하지만… 뭐 어차피 자신이 아닌 다른 것에서 삶의 의미를 찾아다니는 아저씨 같은 사람들이 더 외로운 법이니까, 난 상관없어요. 난 그래도 나를 믿을 수 있는 내가 있으니까."

무어라 대꾸를 하려고 눈을 부릅떴는데, 남수는 말문이 막혀버렸다. 이유는 알 수 없었다. 여전히 그의 눈앞엔 세상에 존재하지 않는 벌레들이 둥둥 떴고 갑자기 끼어든 불쾌감은 엉덩이 밑을 간질이고 있었는데, 순식간에 뜨거운 것이 쑤욱 올라왔다. '믿고 있다'는 말 때문이었다. 믿지 못할 놈이라는 그의 다짐을 꿰뚫으며, 수현의 이야기는 단번에 그의 폐부를 찔렀다.

남수는 몸을 웅크려 털썩 누워버렸다. 어차피 세상에 없는 것들을 찾으며 애원하며, 그렇게 형편없이 살다가 인생 종칠 놈들. 이 좁은 공간에 함께 갇힌 것이 개탄스러울 뿐, 어차피 내가 상관할 일이 아니지!

그는 붉은 벽에 기대 모로 누워 눈을 감아버렸다. 훌쩍이는 지애의 울음소리는 여전히 거슬렸고 뱃속을 살살 간질이는 불쾌감은 짜증스러웠는데, 수현의 목소리가 자꾸 머릿속을 윙윙 울렸다. 싸구려 연민까지 끌어올려 갑작스레 침범한 불쾌감을 지우려 해도 소용없었다. 이리저리 몸을 뒤척이며 이 현실로부터 벗어나고 싶었지만, 어차피 가능하지 않은 일이었다. 여전히 그는 이곳에 갇혀 있었고, 어디로도 갈 수 없었다. 그가 그토록 혐오하고 조롱했던 그와 마찬가지였다.

생각하면 할수록 기분이 더러웠다. 물리치려 하면 더욱 더 불쾌감은 끈질기게 들러붙었다. 돌아보면 그가 거짓말을 했던 것도 아니었는데, 남수는 견디기 힘든 조롱 앞에 발가벗고 있는 기분이었다. 언제나 그랬다. 사람들은 사소하다고 말했지만, 하필 그런 것들로 옴짝달싹 못할 때가 있었다. 소심하고 내성적인 탓이라고 다독여봐도 그 불쾌감은 쉽사리 지워지지 않았다.

남수는 계속해서 그를 노려보고만 있었다. 그 불쾌감의 정체가 무엇이든 바로 저놈이 자신을 불편하게 했다고 되뇌면서. 그럴 필요 없었던 일상을 엉망으로 만들며 저놈이 끼어들어, 가뜩이나 복잡한 생각 속을 더욱 어지럽혔다고 탓하면서.

지애는 잠투정을 하는 환이를 재우려다가, 어느새 아이와 함께 잠이 들어버리고 말았다. 붉은 밤이 온 듯 머리 위에 등불마저 어둑어둑했고, 그 아래서 그는 뜨거워진 생각을 만지작거리고 있었다.

"정체가 뭐냐?"

그러나 수현은 오히려 그에게 되물었다.

"이상하지 않아요? 계단이요, 분명히 거기가 맨 아래층이었는데… 계단은 거기서 끝나야 하는 건데, 왜 계속 이어져 있던 걸까요? 우리가… 층수를 잘못 계산한 걸까요? 처음부터 우리는 생각보다 훨씬 더 위까지 올라와 있었던 걸까요?"

그러나 남수는 그의 물음은 아랑곳 않고, 다시 거칠게 물었다.

"정체가 뭐냐고?"

"어딘가에 빠져버린 것 같아요. 알고 있다고 생각했는데, 생각하면 할수록 더 모르겠어요. 늪에 발을 들여놓은 것처럼 자꾸 어디론가 미끄러져 들어가는 것 같아요. 분명히 거기가 마지막이었는데, 거기가 마지막이라고 생각했는데."

"안 들려? 네놈 정체가 뭐냐고!"

그제야 수현은 그를 똑바로 봤다.

"사람이요."

그의 대답은 간결하고 또 정확했다.

"남자냐, 여자냐?"

"사람이요, 아저씨하고 똑같이… 여기에 이렇게 갇혀버린 인간이요. 어디에서 왔는지, 여기가 어딘지조차 알지 못하는 무능하고 어리석은 인간이요."

그의 말은 충고 같기도 했고 한탄 같기도 했다.

"그럼 돈이 필요한 것도… 그 뭐냐, 그 수술 때문에 필요한 거냐? 너희 부모님은 알고 계시냐? 부귀영화를 누리며 잘 먹고 잘 살겠다는 일도 아니고, 기껏 그 따위 인생 망치는 수술이나 하려고 도둑질을 해?"

풀밭 위에 앉은 듯 몸을 흔들며 수현은 붉은 등을 올려다보았다. 봄 햇살을 쬐는 것처럼 그의 눈빛은 고즈넉했다.

"그래도 난 아저씨가 부럽지 않아요. 그렇게 간단하게 살 수 있는 삶이라도… 태어나보니 그 어떤 혼란도 없이, 그저 돈 벌면 행복하고 나쁜 짓만 하지 않으면 괜찮은 그런 삶이라도, 난 아저씨의 인생이 전혀 부럽지 않아요."

천천히 고개를 젓는 그의 몸짓은 춤사위를 닮았다.

"아저씨한테는 그게 전부인지 모르지만, 나한테는 먹고사는 일보다 더 중요한 게 있거든요. 숨을 쉬고 산다는 것보다 더 중요한 게 있어요. 이기고 지고 성공하고 실패하고… 누군가에게는 그 따위 것들보다 더 중요한 게 있을 수 있다는 걸 나는 알거든요."

"미친놈."

혼잣말이었지만 남수는 그가 들을 수 있도록 또렷한 목소리로 일갈했다. 그렇게라도 스스로의 불쾌감을 상쇄하고 싶었지만, 욕설을 뱉고 비난할수록 점점 더 기분이 더러워지는 것은 자신이었다. 제 머리 위로 침이라도 뱉은 듯 뒷덜미에 눅진한 것이 흘러내리고 있었다.

"그 따위 썩어빠진 정신 상태로 내 앞길을 막아서면 알아서

해. 우리한테 조금이라도 해를 끼치는 날에는, 내가 가만히 있지 않을 테니까."

죽여버리겠다고 말하려다가, 남수는 그만두었다. 나도 죽고 네 놈도 죽여버릴 테다, 협박을 하려다가 차마 입이 떨어지지 않았다. 어차피 그렇게 말하더라도 저놈은 눈 하나 꿈쩍하지 않을 것이 아닌가? 죽고 사는 일, 관심도 없다고 하지 않던가? 미친 새끼.

남수는 계속해서 그렇게 지독하고 불쾌한 감정 속으로 고개를 들이밀고 있었다. 저런 정신 나간 놈에게는 불쾌감마저 쓸모없다고 자위하면서, 어서 빨리 여기에서 빠져나가 저런 놈과 말 섞을 필요가 없게 되기를 간절히 바라면서.

그런 그의 복잡한 마음을 아는지 모르는지, 수현은 천천히 사방을 둘러보았다. 손으로 짚고 조심스레 훑어보며 붉게 물든 공간 여기저기를 더듬었다. 들리지 않는 말이라도 들으려는 듯 몸짓의 말이라도 전하려는 듯, 그는 비상구 안 여기저기를 샅샅이 살피고 있었다. 몇 계단 위층으로 올라가 보기도 했고, 다시 몇 계단 아래로 내려가 보기도 했다. 누군가에게 말을 걸듯 그는 이 두렵고 혼란스러운 공간에 귀를 기울이고 있었다.

'미친 새끼.' 그러거나 말거나 남수는 그렇게 허공에 뱉어놓고는, 또다시 질끈 눈을 감아버렸다.

삼십 분을 잤는지 한 시간을 잤는지 알 수는 없었다. 순식간에 지나가버린 시간이 '잠'이었는지도 확신할 수 없었다. 누군가 자신의 몸을 흔들고 있다는 느낌에, 남수는 화들짝 놀라 깨어났다. 퉁퉁 부은 눈의 지애가 그의 어깨를 흔들고 있었다.

"여보, 나갈 곳이 있대, 통로가 있대."

"그게 무슨 소리야?"

잠시 잠깐의 꿈속에서도 헤매고 있던 곳은 혼곤한 암흑 속이었는데, 그녀는 빛이라도 본 것처럼 잔뜩 들떴다.

"맞죠? 그렇죠? 저기 위에 옆 건물로 이어지는 통로가 있다면서요? 그렇죠?"

그녀가 수현의 팔을 흔들었다.

"공중통로가 있기는 하다고요. 애초에 이 건물 옆에 놀이공원하고 백화점 건물이 있었는데, 이 건물을 새로 지으면서 두 건물을 하나로 잇는 공중통로를 만들었거든요. 근데 그게 몇 층인지, 이 계단이 거기까지 연결되어 있는 건지는 잘 모르겠어요."

수현은 자신이 했던 말과, 그녀가 들었던 말 사이의 간극을 설명하려 애쓰고 있었다.

"그래도 어쨌든 올라가 볼 수는 있는 거잖아요? 아래쪽에는 이미 우리가 다 확인해봤고, 이제는 위로 올라가 보는 수밖에 달리 도리가 없는 거잖아요? 안 그래요?"

수현이 남수의 눈치를 살폈다. 두 사람은 그녀의 말이 틀렸다는 사실을 잘 알고 있었다. 끝없이 아래로 이어져 있던 계단을 그들은 똑똑히 기억했다. 그들이 내려가야 할 계단은 발밑에 까마득했었다. 너도 알고 있지 않느냐고 수현에게 눈짓을 하다가 남수는 화들짝 놀라 고개를 틀었다. 그런 놈과 소통하려는 몸짓을 하고 있다니, 그는 제풀에 놀라 한숨을 토했다.

"우리, 올라가요. 다 같이 올라가자고요. 여기서 이렇게 기다리고만 있을 수는 없어요. 어떻게든 방법을 찾아야 한다고요. 무슨 짓이든 해야 하는 거라고요."

무기력하기만 했던 그녀의 생이 어떻게 달라졌는지, 남수는 너무도 힘찬 아내의 외침이 의아하기만 했다.

"가긴 어딜 가? 그 몸으로 여기까지 올라온 것도 못 견뎌 녹초가 되어 쓰러져 있었으면서, 어딜 더 올라간다고 그래? 내가 60층까지 올라갔다가 내려왔어. 그런데도 공중통로 같은 건 없었다고."

예순넷에서 흐트러졌던 기억을, 그는 생생하게 더듬고 있었다.

"자기가 어떻게 알아? 거기가 60층인지 50층인지 어떻게 아냐고?"

그녀의 반문에 남수는 쉽사리 대답하지 못했다. 분명히 정확하게 세고 있다고 믿었지만, 그녀의 말대로 그것은 어디까지나 그의 짐작일 뿐이었다. 이 밀폐된 공간 속에서 이미 너무 여러 번 그의 믿음이나 생각은 어긋나고 뒤틀려버렸다.

"누가 알아? 바로 그 위에 공중통로로 연결되는 곳이 있었는데, 자기가 그냥 내려왔던 건지 어떻게 아느냐고?"

이토록 모호한 세계 속에서 '모른다'는 그녀의 말은 너무도 힘이 셌다. 두 사람 중 누구도 쉽사리 그녀의 이야기를 부인할 수 없었다.

"쉬었다가 가면 돼. 한 번에 열 층씩, 아니면 다섯 층씩, 쉬었다가 올라가면 되는 거라고. 그래도 최소한 여기는 아니잖아? 내내 꼼짝도 못하고 갇혀만 있는 여기 이 구석은 아니잖아?"

두려움일까, 집착일까? 그게 아니라면 진실을 말하지 않은 우리들의 거짓말일까? 남수는 갑작스레 달라진 아내를 보면서, 그녀를 일으킨 생의 의지가 궁금했다. 평생 그녀를 이불 속에만 가두어놓았던 생이 갑자기 그녀의 몸을 일으킨 힘의 원천은 어디에 존재하는 것인지.

"올라가 보죠."

잠자코 있던 수현이 결심한 듯 일어섰다.

"뭐야?"

"여기에서 기다리고만 있을 수 없는 건 분명해요. 일말의 가능성이라도 믿고 의지해야 하는 것이 지금으로서는 현명한 일일 테고요."

"그 반대의 가능성은 생각 안 하냐? 그 나머지 엄청난 무게로 버티고 있을 실패의 가능성은 생각 안 해? 왜, 또 자기 자신을 믿는다는 뜬구름 잡는 모호한 이야기를 떠벌릴 작정이냐?"

다시 한 번 지애가 그를 가로막았다.

"자기도 끝까지 올라갔던 거 아니잖아? 여기에 있는 우리 때문에 다시 내려온 거였잖아? 이제는 물도 있고 음식도 있으니, 한 번 올라가 보자고."

그녀는 거의 애원이라도 하는 듯했다.

"환이는 제가 업을게요. 이런 일은 당연히 남자가 해야 하는 거니까. 아저씨는 나이가 들어 힘드실 테니, 젊은 남자인 제가 해야 하는 일이겠죠."

'남자'라고 말할 때마다 남수는 그를 쏘아보았다. 지애는 그렇지 않아도 남편의 허리가 좋지 않다며, 그의 호의를 반기는 눈치였다.

"필요 없어! 네깟 놈한테 도움 받을 일 없어! 환이는 내가 업어, 그러니까 너는 네 몸뚱이나 간수해!"

빼앗듯이 남수는 환이를 끌어 업었다. 괜한 짓을 한다고 생각하는지, 지애는 수현에게 사죄의 눈짓을 하며 그를 따라 계단에 올라섰다. 그도 너부러진 음식과 물병들을 다시 가방에 챙겨 넣고 그들의 뒤를 따랐다.

혼란과 위태로움의 한가운데서, 그렇게 그들은 또다시 계단을 오르고 있었다. '가능성'이라고 말했지만, 그것은 고작 감당하기 힘든 불안의 끄트머리에 불과했다. 걸음이 느려져 환이를 업은 남수는 금세 수현에게 뒤처졌고, 그의 뒤를 따르던 지애도 자꾸 난간에 기댔다. 그렇게 한참을 오르다가 남수는 어느 벽 앞에 멈춰 섰다. 붉은 빛으로 타오르고 있는 벽을 가리키며, 그는 수현에게 물었다. '이것도 네놈 짓이냐?' 그러나 그는 듣는 둥 마는 둥 대충 고개를 젓고는 다시 숨을 고르며 계단으로 올라섰다. 그를 노려보며 환이를 당겨 업고, 남수도 다시 그의 뒤를 따랐다.

밭은 숨을 내쉬며 간신히 계단을 오르는 그들의 등 뒤에서, 인간이 아닌 존재가 적어 내려간 듯한 두 글자가 그들을 올려다보고 있었다. 예언처럼 선뜩한 바로 그 두 글자, '다시'였다.

8

다시 ⑴

또다시, 그들은 붉은 등 아래에 쓰러졌다. 숨을 헐떡이며 남수는 머리 위에 밝혀진 주홍빛 등을 노려보았다. 빛이라고 하기에 그것은 너무도 침침했다. 모든 것들을 탈색시키려는 듯, 그저 붉은 빛으로 묵연히 세상을 뒤덮고 있었다. 그 아래에 무슨 일이 일어나든 관조하듯 차갑게 내려보기만 하면서.

"헉헉, 몇 층이야? 우리 몇 층까지 올라온 거야?"

환이의 얼굴을 쓰다듬으며 지애는 밭은 숨을 내쉬었다. 그러나 지금까지 몇 층을 올라왔는지 알 수 있는 사람은 없었다. 처음부터 그들이 있던 자리는 모호했으며, 무수히도 여러 번 그들의 믿음은 깨어지고 엇갈렸다.

"상관없죠. 어차피 저 위에 있는 거잖아요? 올라가다 보면

나오겠죠."

목덜미를 닦아내며 수현이 머리 위를 올려봤다.

"너, 안 나오기만 하면 알아서 해."

"그러면 다시 내려가야죠."

담담하게 대꾸하는 그를 보니, 남수는 버럭 화가 치밀었다.

"너 이 새끼, 지금 나 놀리는 거지? 저거 업고 오르내리면서 어디 엿 먹어봐라, 그래서 그렇게 아무렇지 않게 올라가자고 했던 거지? 혹시 너, 공중통로고 지랄이고 애초부터 없었던 거 아냐? 날 골탕 먹이려고 거짓말을 했던 거 아니냐고?"

"내가 아저씨처럼 그렇게 비겁하게 사는 줄 알아요?"

"이 새끼가 어디서 말을 함부로……?"

발끈하며 남수는 무릎으로 일어섰다. 겨우 반쯤 몸을 일으켰는데, 현기증이 그의 온몸을 짓눌렀다. 멱살을 잡으려고 손을 뻗었다가, 겨우 허공을 부여잡고는 그만이었다. 그저 불쾌감을 떠올리고 있을 뿐이었는데, 자꾸 손 안에 땀이 찼다.

"다 아는 것 같지? 다 알고 있는 것 같지? 왜, 희망을 가지고 신념을 잃지 않으면 무슨 일이든 다 해결될 수 있을 것 같아? 그게 다 아귀가 맞아 돌아가도록 이 엿 같은 세상이 만들어낸 떡밥이지! 어떻게든 이 세상이 돌아가야 하니까, 모두들 제자리를 지키도록 세뇌시키려는 속셈인 거지! 개뿔, 이 따위 일렬로 줄을 세워 살게 하는 세상에 당당하고 떳떳한 것만 가지고 살 수 있을 것 같아?"

붉은 등 때문이었을까, 비겁하다는 말 때문이었을까. 차오르는 밭은 숨을 내쉬면서, 그는 미처 생각지도 않았던 말들을 쏟아내고 있었다.

"여기 이 문, 이렇게 꼼짝도 않는 이 문! 아무리 걷어차고 발길질을 해도 꿈쩍 않는 이 문! 바로 이 문 앞에 서 있는 게 어떤 건지, 그게 어떤 느낌인 줄 알아? 이런 문 앞에 서서 당당하다고 어깨를 펴는 꼴이… 희망을 잃지 말아야 한다고 억지웃음을 웃고 있는 꼴이 얼마나 엿 같은 줄 너 같은 놈이 알기나 하냐고!"

계속해서 그는 손바닥으로 문을 내리쳤다. 탕탕, 탕탕. 두꺼운 철판의 문이 부르르 몸을 떨었고, 육중한 몸짓을 증명하며 그것은 그의 손짓을 가볍게 밀쳐냈다.

"믿는 걸로 해결이 돼? 이 문 앞에서 자기 하나 믿는다고 그게 해결이……."

"잠깐, 여보 잠깐만."

환이의 몸을 감싸고 있던 지애가 천천히 고개를 들었다. 흐릿한 눈썹을 찡그리며 그녀는 무언가에 귀를 기울이고 있었다. 문을 두드리고 있던 남수에게 다가가는가 싶더니, 그녀는 철문 위에 뺨을 댔다.

"조용히 좀 해봐."

아득히 먼 곳에서, 메아리 같은 소리가 들려오고 있었다. 윙윙 울리는 기계음 사이에, 고양이 울음 같은 미약한 신음이 새어들고 있었다.

"사람이야, 사람이 있어!"

남수는 황급히 철문에 매달렸다. 사실이었다. 좀 전에 그의 몸짓을 흉내내듯, 누군가 건너편에서 문을 두드리고 있었다. 심장 박동 같은 울림 사이에 가녀린 목소리는, 거기에도 사람이 있으니 도와달라고 외치고 있었다. 문 앞에 모여든 모두의 눈이 휘둥그레졌다. 갇힌 것은 그들뿐이 아니었다. 보이지 않는 건너편에서 누군가 너무도 간절히 구원을 갈구하며, 그곳에도 사람이 있다고 외치고 있었다. 닫힌 문 하나로 나뉘어 있을 뿐, 갇힌 것은 건물 안에 있던 모두였다.

지애는 계속해서 문을 두드리고 또 두드리며, 건너편의 누군가와 소통하려 애쓰고 있었다. 마치 그 목소리가 대답이라도 하는 듯, 어떻게 이곳에 들어와 갇히게 되었는지, 여기에 몇 명의 사람들이 있는지, 그리고 지금 공중통로를 찾아 위쪽으로 올라가는 중이라는 사실까지, 속속들이 모두 다 큰 소리로 말해주고 있었다. 그러나 문 건너편의 목소리는 그저 도와 달라, 거기에도 사람이 있다고 외칠 뿐이었다. 지애의 이야기는 들을 수 없는지, 건너편의 목소리는 점점 더 희미해지고 있었다.

계속 문을 두드리며 했던 말들을 다시 하고 또 하는 지애를 보다가, 남수는 엉덩이를 움직여 멀찌감치 물러났다. 수현이 그를 밀치며 철문 위에 귀를 바싹 댔지만, 남수는 이제 아예 건너편 벽에 늘어지듯 기대앉았다.

"거기 들려요? 우리 이야기 들리냐고요? 신호를 해봐요, 들리면 신호를 해보라고요!"

가장 크고 단단한 주먹을 만들어, 구호라도 외치는 사람처럼 수현은 더욱 힘차게 철문을 향해 팔을 뻗었다.

"뭐하려고?"

그는 닫힌 문의 틈바구니 여기저기를 살피고 있는 수현에게 냉담하게 물었다.

"열어야죠, 열어서 구해야죠."

"뭘 구해? 누가 누굴 구해?"

"저 사람이요, 저 사람 구해내야죠."

당연하다는 듯 말하고 있는 그를 향해, 남수는 피식 웃고 말았다.

"어디에 깔려 있는 게 틀림없어요. 아까 그 굉음이 들렸을 때, 어딘가 무너져내린 게 틀림없다고요. 그래서 조금씩 정신이 혼미해지고 있는지도 모른다고요."

잠시 주변을 두리번거리다가 수현은 뒤로 물러섰다. 그리고 육중한 문을 향해 있는 힘껏 몸을 던졌다. 그의 몸이 철문 위에 부딪힐 때마다 미약한 떨림이 문 위에 머물다가 사라졌다. 쿵쿵 큰 소리가 나기는 했지만, 내던져진 것은 오히려 그의 작은 몸이었다.

"뭐야, 잊어버린 거야? 누가 누구를 구한다는 거야? 누구를 어디로 구조한다고 그러는 거야, 지금? 저 사람을 구해서, 여기 이 출구조차 찾지 못하는 곳으로 데리고 오겠다고? 그게 구조냐?"

"그래도 우린 어딘가에 깔려 있지는 않잖아요?"

다시 그는 닫힌 문을 향해 몸을 내던지려 하고 있었다. 어깨가 아픈지 연신 한쪽 팔을 매만지면서, 그는 닫힌 문을 겨냥하며 노려보았다.

"깔려 있는 거나 갇혀 있는 거나, 뭐가 달라? 깔려서 꼼짝 못하는 거나, 갇혀서 꼼짝 못하는 게 뭐가 다르냐고?"

"여보, 그러지 말고 도와줘. 저 사람 그냥 저렇게 내버려둘 수는 없잖아?"

문을 두드리다가 지애는 처연한 눈빛으로 돌아섰다.

"뭘 도와? 뭘 해줄 수가 있어야 도와주지. 도와주고 싶은 마음만 가지고 뭘 해?"

수현은 자신의 가방을 열어, 그 안에 들었던 모든 것들을 끄집어냈다. 몇 권의 책들과 헤드폰과 잡동사니들이 우르르 쏟아져 나왔다. 은색 포일로 감싼 또 다른 음식 덩어리가 쏟아졌지만, 그것을 문 건너편으로 내밀 수는 없는 일이었다. 머리칼을 움켜쥐더니, 그는 또다시 닫힌 문에 발길질을 했다.

"세상에는 가능하지 않은 일도 있는 거야. 아무리 몸부림쳐봐야, 자학에 불과한 일들이 수두룩하다고. 너같이 무모한 놈한테는 가능하지 않은 일이란 없는지도 모르지만, 현실이란 건 마음만 가지고는 할 수 있는 게 아무것도 없어. 어차피 그 문은 절대 열리지 않을 거라고."

그의 충고는 듣고 있지 않은지, 수현은 다시 문에 대고 큰 소리로 외쳤다.

"괜찮아요, 조금만 참아요! 우리가 구해줄게요!"

비아냥거리듯 남수가 물었다.

"그게 희망이라고 생각하는 거야? 가능하지 않은 일들을 꿈꾸게 하는 게? 저 문을 열면 지옥문을 여는 걸 수도 있다는 생각은 안 해? 불이 났던가, 연기가 쏟아져 들어오거나… 그 문을 열어서 여기 있는 우리 모두가 위태로워질 수도 있다는 생각은 안 하는 거야?"

미처 그것까지는 생각하지 못했는지, 지애는 그제야 문에서 물러섰다. 그리고는 바닥에 앉아 있던 환이를 끌어안으며 울먹였다.

"어쩌면 우리를 가뒀다고 믿고 있는 이 거대한 철문이, 여기를 떠받치고 있는 걸 수도 있어. 이 문 덕분에, 여기 이 좁은 공간이 무너지지 않고 버티고 있는 걸지도 모른다고, 그거 알아?"

문을 걷어차고 있던 수현이 홱 돌아섰다.

"해보는 데까지 해봐야죠! 할 수 있는 데까지 해봐야죠!"

"왜, 나중에 나 같은 인간을 비겁하다고 비난하려고? 잔인

한 인간이라고, 나는 최소한 그렇게 살지는 않았다고 자위하려고?"

철문 앞에 선 수현의 입술이 부르르 떨었다.

"아저씨도 누군가 구해주기를 바라잖아요! 여기서 빠져나갈 수 있게, 누군가 도와줬으면 하는 바람이 간절하잖아요! 아니에요? 아닌가요?"

"아하! 작은 힘을 모아서 세상을 변화시키는 거, 그거? 개울물이 모여 강물이 되고, 강물이 모여서 바다로 흘러가는 그런 거 말이지?"

그는 천천히 몸을 일으켜 지애가 안고 있던 환이를 주섬주섬 다시 둘러업었다.

"그런 건 저 문이 없을 때 하는 이야기지. 저 사람이 그래도 최소한 이 계단을 오르내릴 힘이라도 있을 때 하는 이야기지. 위든 아래든 모두가 다 알고 있는 확실한 출구가 있을 때, 그럴 때 해야 하는 일이라고."

등에 기댄 환이를 당겨 업으며, 남수는 다시 위쪽으로 향하는 계단 앞에 섰다.

"네 그 잘난 믿음이니 인간다운 짓이니 하는 걸로 너도 모르는 사이에 다른 사람들 숨통이나 막는 짓 하지 말고, 네 갈 길 가. 할 수 있을 때, 망설이지 않겠다는 다짐을 하는 거면 족해. 저렇게 궁지에 몰린 사람들을 이용해 네 인간다움이나 확인하는 게, 그게 진짜 비겁하고 야비한 거지."

환이를 업은 채 다시 계단을 오르려다 말고, 그는 또 한 번 고개를 돌려 일갈했다.

"희망이라고 다 옳은 게 아냐. 어떤 희망은 후련한 절망만도 못해."

문 앞에서 어쩌지 못하고 있는 수현을 그대로 두고, 남수는 다시 계단을 오르기 시작했다. 주춤거리며 몸을 일으킨 지애도 그의 뒤를 따랐다. 닫힌 문을 몇 차례 더 걷어차고 두드리며 신호를 하라고 대답을 해보라고 소리를 지르던 수현은, 한동안 그 앞에 서서 꼼짝도 하지 못했다. 문 너머에선 여전히 미약한 소리가 들려왔지만, 남수의 말처럼 여기 이곳에서 그가 할 수 있는 일은 없었다. 여기에도 사람이 있다고, 들리느냐고 여기에도 당신을 부르고 있는 사람이 있다고 피를 토하듯 외쳤지만, 소용없었다.

앞을 가로막은 문 앞에 그렇게 한동안 멍하니 섰다가, 결국 그는 돌아섰다. 계단을 오르는 발길은 쇳덩이처럼 무거웠지만, 어쩔 수 없었다. 남수의 말대로, 지금 그에게 필요한 것은 후련한 절망인지도 모를 일이었다.

침묵 속에, 계단을 오르는 그들의 발걸음은 계속되었다. 뒤섞인 숨소리가 메아리치며 그들의 뒤를 따랐지만, 돌아보는 사람은 없었다. 그저 등 뒤에 느껴지는 뜨거움 숨결로 혼자라는 두려움을 간신히 지워내고 있었다.

남수는 고등학교를 졸업하고 돈을 벌기 시작하면서, 길거리에 노숙을 하던 사람들과 가깝게 지내던 때를 생각하고 있었다. 그토록 혐오하고 증오했던 아버지가 사라지고 난 후 이제야 자신의 삶이 평화로워질 거라고 믿었는데, 거리를 지날 때마다 그는 길바닥에 누운 사람들에게 자꾸 눈을 빼앗겼다. 아버지도 그렇게 길거리에 누워 있다가 돌아가셨을 생각을 하니, 좀처럼 발길이 떨어지지 않았다. 그래서 남수는 어느 날부턴가 그들에게 돈을 찔러주기 시작했다. 오천 원, 만 원. 소주병 옆에 돈을 놓아두고 오기도 했고, 그들에게 음식을 사다 주거나 그들의 곁에 앉아 술잔을 받아 마시기도 했었다. 한탄이나 자기 연민으로 가득 찬 그들의 이야기를 들으며 고개를 끄덕이면서도, 남수는 죽은 아버지의 이야기를 들어주고 있는 듯 그제야 묵직한 마음의 무게를 내려놓고 있었다.

　　그러던 어느 날, 나이 지긋한 한 분이 그가 건네는 오천 원짜리를 내던지고 음식이 든 비닐봉지를 집어 던지며 소리를 질렀다. 이게 다 누구를 위한 것이냐, 이 따위 것들이 누구를 위하는 것이라고 생각하느냐, 누케한 냄새를 풍기며 그는 남수에게 주먹질을 하고 발길질을 해댔다. 주변의 다른 노숙인들이 고마운 친구에게 왜 그러느냐 그를 말렸지만, 몸부림치며 그는 계속해서 소리를 질렀다. 차라리 자신에게 손가락질을 하라고, 이 따위로 삶을 망쳐버린 자신을 비난하고 침을 뱉으라고 소리를 지르면서, 그는 그대로 주저앉아 엉엉 울어버렸다.

남수는 어쩌지도 못하고 그 앞에 멀뚱히 서서 울고만 있는 초로의 남자를 바라보았다. 제멋대로 자란 머리칼, 덥수룩한 수염, 알 수 없는 상처들로 피딱지가 앉은 몸 여기저기. 엉엉 울고 있는 그의 침이 길게 바닥으로 늘어지는데, 그의 뒤에서 다른 사람들은 등을 돌리고 앉아 자기들끼리 소주잔을 나누고 있었다.

생각해보니, 그때가 처음이었다. 그때 처음 남수는 아버지가 아니라, 길 위에서 살아가야 했던 그의 삶을 생각했다. 이전에도 계속해서 그들을 만나왔지만, 그는 단 한 번도 그들을 있는 그대로 생각해본 적이 없었다. 박스 속에서 밤을 새우는 그들의 삶에서, 끼니 대신 소주를 마시는 그들의 일상에서, 남수는 오로지 죽은 자신의 아버지만 떠올리고 있었을 뿐 그들의 삶 자체에는 애초부터 관심도 없었다.

바로 그 순간이었다. 그들을 만나며 품었던 희망의 껍질이, 누구도 침범할 수 없을 만큼 고결하고 순수하리라 믿었던 희망이란 것이, 조각조각 깨져나가고 있었다.

"아빠, 나 쉬… 쉬 마려."

업었던 환이를 내려준다고 허리를 숙였는데, 남수는 그대로 바닥에 주저앉고 말았다. 지애의 손에 이끌려 아이가 구석으로 가 바지를 내리는 모습을 보면서, 그는 또다시 닫힌 문에 기대어 앉았다. 가방을 맨 수현은, 환이가 벽 위에 소변을 모두 보고 난 후에야 천천히 계단을 올라왔다. 모르는 사람처럼 벽에 기대앉은 남수를 지나쳤다가, 그는 서너 계단 위쪽에 가방을 내려놓고 주저앉았다.

남수는 모든 것이 무너져 내린 듯 고개를 숙이고만 있는 그를 보고 있었다. 분명히 믿을 수 없는 놈이라고만 생각했는데, 처음으로 그에게 연민이 일었다. 그의 정체를 알지 못하는 것은 여전한데, 그의 발목을 붙들고 있는 집착이 어쩐지 익숙했다.

"물 있냐?"

그는 퉁명스럽게 물었다. 대답도 없이 수현은 가방을 뒤적여 물통을 건넸다. 여전히 남수의 눈길은 외면한 채, 그는 자신이 올라온 계단만 내려다보고 있었다.

"도대체 여기가 몇 층이야? 얼마나 더 가야 하는 거야?"

환이의 바지춤을 추스르며 지애는 두리번거렸다.

"혹시 수현 씨는 알지 않아요? 여기가 몇 층쯤 되는지. 수십 계단은 올라온 것 같은데… 그러면 무언가 달라진 게 보여야 하잖아요? 어떻게 힘만 들고 조금도 올라가지 못한 것 같으니… 펜 가진 사람 없어요? 지금부터라도 층수를 세면서 올라가야 하지 않을까요?"

기력이 달리는지, 그녀의 말들은 한숨으로 흩어졌다.

"문제는 층수가 아닌지도 모르지."

"그게 무슨 말이야? 지금이라도 몇 층을 올라온 건지, 대충이라도 알 수만 있으면 도움이 되지 않겠어? 왜 그게 문제가 아니야?"

"문제는 맨 처음이지. 처음에 우리가 어디에 있었는지, 왜 거기에 있어야 했는지… 알아야 한다면 그걸 알아야지. 근데 우린 이미 너무 멀리 와버렸어. 이젠 누구도 거기가 어디인지 말할 수 있는 사람은 없고. 시간이 지나면서, 그건 더욱 더 희미해지겠지."

차마 말할 수 없는 사연이라도 토하듯 그는 긴 숨을 뱉었다.

"우리가… 지하에 갔을 때도, 거기에서 끝나야 하는데 그 아래로 끝없이 이어져 있었거든."

"뭐라고? 맨 아래 내려갔다고 그랬잖아?"

그녀는 다급하게 물었지만, 남수는 대답 대신 수현을 올려보았다.

"끝은, 없었어. 우린 지금 여기처럼 이렇게 끊임없이 이어진 계단을 내려보다가, 겁에 질려 그냥 올라왔던 것뿐이라고."

또다시 그는 붉은 빛으로 뒤덮인 공간을 빙 둘러보았다. 까맣게 잊고 있던 그때의 두려움이 다시금 스멀거리고 있었다.

"여기가 어딘지는 모르지만, 올라가든 내려가든 더욱더 두려워지겠지. 어디서 시작되었는지 왜 여기 이곳인지, 어차피 우린 알지 못하니까."

한숨을 토하듯 그는 더듬거렸다.

"믿음이란 게, 진실은 아니니까."

갑작스레 남수는 희망이 그리워졌다. 형편없이 깨어지고 남루한 것이더라도 지금 이 순간 그것이 너무도 간절했다.

미안하다는 말을 하려는 것도 아니면서, 그는 다시 위쪽 계단에 앉은 수현을 올려보았다. 그런데 그를 보던 남수의 눈빛은 순식간에 얼어붙었다. 뜨거운 땀으로 범벅이던 온몸의 살갗이 한꺼번에 곤두섰다.

"안녕… 하세요?"

구석에서 손가락으로 소변 자국을 문대던 환이가 허공에 대고 인사를 했다. 쪼그려 앉았던 수현이 뒤를 돌아보다가 화들짝 놀라 뛰어내렸다.

그의 뒤에, 한 여자가 서 있었다. 계단 난간에 기대어 그녀는 아래쪽을 바라보고 있었다. 겁에 질린 그들을 흉내라도 내는 듯 그녀의 두 눈에도 두려움이 가득했다. 붉은 등 아래, 그녀의 두 볼은 익은 열매처럼 새빨갛게 물들어 있었다.

9

위에서

그녀는 위에서 내려왔다. 작은 키의 그녀는 구식이기는 하지만 정장 차림이었다. 구두는 처음부터 발에 맞지 않았는지 손에 들고 있었다. 어깨까지 내려오는 머리를 하나로 묶은 채, 어색한 화장은 땀 때문에 문질러진 듯했다. 얼마나 오래도록 계단을 오르내렸던 건지, 그녀도 연거푸 낮은 숨을 내쉬고 있었다.

남수는 그녀에게 어디서 내려오는 것이냐고 물었다. 그녀는 출구를 찾아 무작정 위로 올라가다가 누군가의 비명을 듣고 다시 내려오던 중이었다고 말했다. 백화점에 구두를 사러 왔다가 비상구로 들어오게 되었는데, 갑자기 불이 꺼져 여기에 갇혀버렸다며 그녀는 그들이 그랬던 것처럼 붉은 빛으로 뒤덮인 그곳을 빙 둘러봤다.

"어떤 비명 소리요?" 수현이 그렇게 묻자, 그녀는 난감한 표정이더니 "그냥 비명이요. 공포에 질리거나 사고를 당해 내는 단발의 비명이 아니라, 몸부림을 치는 듯 내뱉는 비명 소리요. 어쨌든 살아 있는 비명 소리요." 그렇게 대답했다.

여전히 그녀의 말이 이해가 가지 않아 모두들 고개를 갸웃거리고만 있는데, 남수 혼자 슬그머니 그녀의 눈길을 피했다. 지워지거나 흐릿해지지 않고 또렷한 기억 때문에, 그의 목덜미는 자꾸 달아오르고 있었다.

지금 이곳에 무슨 일이 일어난 건지 알고 있느냐고 그녀가 물었고, 지애는 건물이 기울고 있는 것 같다고 대답했다. 우리도 나가는 출구를 찾아 헤매고 있는 중이지만 아무리 계단을 오르내려도 문이 열린 곳은 찾을 수가 없더라고. 그녀는 시무룩해졌다.

혹시 문 너머에서 도움을 청하는 소리를 듣지 못했느냐고, 수현은 다급하게 물었다. 잠시 생각에 잠겨 있다가 그녀는 문득 생각이 난 것처럼 외까풀의 눈을 동그랗게 뜨면서, 문 건너편에서는 아무 소리도 듣지 못했지만 여기에서 그들 말고 다른 사람을 만난 적이 있다고 말했다. 또 다른 사람이라니 모두의 귀는 쫑긋 섰는데, 그녀는 파란 트레이닝복을 입은 남자가 아래쪽 계단에서 올라와 위쪽 계단으로 사라져버렸다고 했다. 말을 시켜보려고 소리를 질러 그를 불렀지만, 그는 알은채도 하지 않고 그대로 위쪽 계단으로 달려 올라가 버렸다고, 참 이상하다고 말했다.

수현은 동그랗고 귀여운 생김의 그녀에게, 파란 트레이닝복을 입은 남자에 관한 것뿐만 아니라 이것저것 개인적인 것들도 묻기 시작했다. 그녀도 처음 만난 그가 불편하지 않았는지, 조곤조곤 자신의 이야기들을 털어놓았다. 그녀의 모친이 병석에 누운 이야기며 동생들과 힘겹게 살아가는 생활 이야기, 비정규직이기는 하지만 이번에 직장을 얻게 되어 기뻤는데, 그 때문에 기초수급 대상에서 탈락해 오히려 살림이 더 곤궁해졌다는 이야기까지, 구두를 사러 온 이유를 말하려다가 한탄 같은 집안 사정의 이야기들까지 모두 다 털어놓고 있었다. 고작 100만원 남짓의 월급으로는 엄마의 병원비며 동생들의 학비, 그리고 생활비에 집세까지 마련하기에는 턱없이 모자라 어찌해야 할지 모르겠다고 말했을 때, 수현의 눈빛엔 안쓰러움이 가득했다.

"직장만 잡으면 모든 게 해결될 거라고 생각했는데… 아니더라고요. 이제야 비로소 어떤 구덩이에서 벗어났다고 생각했는데, 거긴 더 깊은 구덩이였어요."

들고 있던 구두를 들어 보이며, 그녀는 쓸쓸하게 웃었다.

"게다가 이 구두… 새로 들어간 사무실의 선배 언니가 아무리 돈이 없어도 그런 꼴로 출근을 하면 안 되는 거라고, 하다못해 구두라도 하나 사 신고 출근을 해야 하는 거 아니냐고,

기본적인 마음가짐이 되어 있지 않다고 그래서 사러 왔던 건데……."

울고 있는지 그녀의 등이 더욱 굽어졌다. 번쩍거리는 구두 옆에 그녀의 발은 여기저기 뭉개진데다 피딱지가 엉겨 있었다. 구두를 신고 계단을 얼마나 걸었던 건지 그녀의 발은 온통 엉망이었다. 수현은 가방을 내려 뒤적거리더니, 반창고를 꺼냈다.

"괜찮아요."

"아니에요. 구두 때문에 생긴 상처가 뭐 이렇게 커요? 한두 개 가지고는 안 될 것 같은데… 내가 원래 여러 개를 가지고 다녀서… 발 이리 줘 봐요."

"아니요, 괜찮은데……."

그러나 수현은 이미 그녀의 발을 끌어 너덜거리는 스타킹을 찢고 있었다.

"어차피 못 쓰는 거니까 괜찮죠?"

이미 다 알고 있는 듯 그는 찢겨진 스타킹 속으로 상처를 들여다봤다. 치마를 잔뜩 움켜쥔 채 발을 내맡긴 그녀는 계단 난간을 붙들고 겨우 몸을 지탱하고 있었다. 붉은 등 아래서도 그녀의 두 볼은 발그레 달아올랐다.

"저도 반창고라도 붙이려고 들어왔던 건데… 신고 있는 낡은 구두는 매장 직원이 그대로 쓰레기통에 버려서, 새 구두를 신고 나왔는데 금방 까지더라고요. 건물이 너무 커

화장실 찾기도 쉽지 않고, 그래서 비상구로 들어왔던 건데……."

그녀의 말은 자꾸 허공 속에 흩어졌다. 수현이 반창고를 덧대어 여러 개 붙이며 눈을 맞출 때마다, 그녀의 말소리는 점점 작아졌다.

"밖에 있었어도 마찬가지였을 거요."

문에 기댔던 남수가 무성의하게 내뱉었다.

"예?"

"그나마 여기에 들어와 있으니, 이렇게 목숨이라도 붙어 있는 걸지도 모른다고요."

지애가 그녀 몰래 남수의 허벅지를 쳤다.

"좀 더 올라가면 공중통로가 있을지도 모른대요. 수현 씨가 이 근처에 살아서 이 건물에 관해 잘 알더라고요. 그러니까, 우리랑 그리로 나가면 돼요."

그녀는 그것이 누구의 이름인지 잠시 혼란스러워 하다가, 수현이 눈을 맞추자 수줍게 웃었다.

"저는 정화예요, 윤정화."

묻지도 않았는데, 그녀는 그렇게 말했다.

"나는 천수현이에요. 자, 다 됐네요."

몸을 부축하며 수현은 그녀의 손을 꼭 잡아주었다. 비틀거리며 몸을 일으켰으면서도, 그녀는 그에게 기대지 않으려고 계단 난간을 꽉 붙들었다. 너덜거리는 스타킹을 벗으려고 치마 속으로 손을 넣자, 이번에는 수현의 눈빛이 허공을 헤맸다. 무릎까지 올라오는 짧은 스타킹을 벗어버리고 그녀는 그에게 고맙다고 말했다. 수현은 대답 대신 살짝 미소만 지었다.

"그놈, 조심해요."

또다시 남수가 끼어들었다.

"눈에 보이는 게 전부가 아니란 말요, 내 말 명심해야 할 거요."

수현의 눈빛은 차갑게 식었고, 무슨 의미인 줄도 모르면서 지애는 또다시 남수의 옆구리를 찔렀다. 무심한 척 환이를 끌어 업으며, 그는 다시 계단을 올랐다. 원래 그런 사람이다, 입모양만으로 그녀에게 그렇게 말해주고는 지애도 그를 따라 위쪽으로 향했다. 수현은 그녀에게 믿음직스러운 눈빛을 보여주었고, 그녀도 그를 따라 위쪽으로 올라가기 시작했다.

좀 전에 자신이 내려왔던 계단을 다시 거슬러 올라가고 있는데도, 정화의 발걸음엔 망설임이 없었다. 함께 걷는다는 위로가 무엇인지, 발그레한 그녀의 두 볼엔 안도의 기운이 드리우고 있었다.

그곳이 어디인지,
어디로 가야 하는지 알지 못한 채,
또다시 그들은 발을 맞추어 함께 걷고 있었다.

환이를 등에 업은 남수의 무릎은 당장이라도 꺾일 듯 휘청거렸다. 등에 업힌 아이는 잠을 자듯 조용한데, 아이의 등짝에 계속해서 다른 아이들이 포개어지고 있는 듯 갈수록 무거워졌다. 난간을 붙들고 그를 따라 오르던 지애도 자꾸 허리를 부여잡고 멈춰 섰다. 그의 허리춤에도 통증이 밀려들었지만, 안간힘을 쓰며 그는 다시 계단 위로 걸음을 옮기고 있었다. 생수통 두 박스를 짊어지고도 멀쩡하지 않았느냐, 20kg 무게의 쌀부대를 둘러매고도 거침없이 올라서지 않았느냐, 그렇게 스스로를 다그치면서.

맨 뒤에서 정화와 함께 계단을 오르던 수현은, 자꾸 뒤를 살피며 그녀를 챙겼다. 아무리 올라도 여전히 제자리를 도는 것만 같은 똑같은 계단이었지만, 그는 이미 누구보다 훨씬 더 높은 곳에 다가서고 있는 표정이었다. 성큼성큼 위로 올라서며, 그의 얼굴은 설렘과 기대감으로 가득했다.

남수는 그 모든 감정들이 낭비라고 생각했다. 치기 어린 순간적 끌림이 얼마나 어리석은 것이었는지, 시간이 증명해줄 것이라 믿었다. 게다가 그녀는 그의 정체를 알지도 못한 채 얄팍한 호의에 이끌리고 있으니, 그것이야말로 그저 낭비가 아니라 유린되는 것이 아닌가? 서로의 발걸음에 보조를 맞추는 두 사람을 보며, 남수는 코웃음을 삼켰다. 또다시 발끝에만 눈을 둔 채, 그는 그저 삶을 지탱하는 값싼 인내만 생각하고 있었다. 짓밟힌 것들만을 되새기고 있었다.

얼마 가지 않아, 그들은 또다시 벽에 기대며 주저앉았다. 이제는 아무도 붉은 등을 올려다보거나 육중하게 닫혀 있는 문을 바라보지도 않았다. 그저 붉은 빛으로 물든 허공 속에 뜨거운 숨을 뱉고 있었다. 생각만으로는 족히 수백 층은 올라온 느낌이었지만, 확신할 수 있는 사람은 아무도 없었다. 모호하고 흐릿한 기억들은 자꾸 스러져갔고, 그러면 그럴수록 여기 이 시간은 더욱 두렵기만 했다.

"무슨 소리가 들리지 않아요?"

철문 옆에 앉았던 정화가 기린처럼 목을 뺐다.

"들어봐요, 소리가 들려요."

그러나 그녀의 말에 관심을 두는 사람은 아무도 없었다. 무기력한 희망이 얼마나 잔인한지, 그들은 이미 잘 알고 있었다. 하지만 정화는 닫힌 문에 귀를 대고, 건너편에서 들려오는 소리에 온 신경을 곤두세웠다.

"왜, 아가씨도 도와주고 싶어? 이런 상황에서도 누구처럼 착한 척을 하고 싶은 건가?"

그녀의 곁에 앉았던 수현이 남수를 쏘아보았다. 그러나 정화는 아랑곳 않고 더욱 안간힘을 쓰며 철문 위에 매달렸다.

"사람을 찾아요, 사람을 찾고 있어요."

정화는 손바닥으로 문을 두드리기 시작했다. 신호를 보내듯 일정한 간격을 두고 그녀는 계속해서 문을 내리쳤다.

"바보 같은 놈들! 이 상황에서 지금 사람이 무슨 소용이야? 어차피 서로 도움도 되지 않는 것들끼리 무얼 할 수 있다고."

한탄 같은 그의 말에 그들의 어깨는 더욱 깊이 무너져 내렸다.

"힘을… 내래요."

문 위에 볼을 댔던 정화가 중얼거렸다.

"꼭 힘내서, 탈출하래요. 자기들이 응원하겠다고."

수현은 황급히 몸을 일으켜 그녀처럼 문 위에 귀를 댔다.

"들려요, 아까보다 더 선명하게… 가깝게 들려요. 이번에는 남자의 목소리예요. 다른 사람들도 더 있는 것 같고요."

여전히 남수는 코웃음을 치고 있었지만, 지애는 두 사람의 등 뒤에 바싹 다가앉았다. 수현은 더욱 세차게 문을 두드리며 물었다.

"혹시 아래로 내려가는 중인가요? 다친 사람은 없나요? 아래쪽에 도움이 필요한 사람들이 있는 것 같은데, 지금 거기 가주실 수는 없나요?"

쓸모없는 짓을 하고 있다고 생각하는지, 남수는 짧은 숨을 뱉었다. 그런데 문에 귀를 대고 대답을 기다리던 수현의 낯빛이 이내 어두워졌다.

"왜요, 뭐라고 그래요?"

기대에 찬 눈빛으로 지애가 물었다.

"자기들도… 해줄 수 있는 게 없대요. 지금 거기도 여기와

다를 바 없는 상황이라고, 누굴 도와주거나 할 처지가 아니래요."

"무너지고 있는 게 틀림없나 보네. 다들 너무 급박한 거야. 어떡해, 이제 우린 어떡해."

그녀는 울먹였지만 수현은 다급하게 문 너머를 향해 큰 소리로 외쳤다.

"우린 위로 올라가는 중이에요, 위쪽에 옆 건물하고 연결된 공중통로가 있거든요. 거기에 도착하기만 하면, 여기에서 빠져나갈 수 있을 거예요!"

그러나 탈출을 꿈꾸며 이야기를 전하던 그의 얼굴은 금세 창백해졌다. 수상한 기색에 남수도 문 건너편에 들려오는 소리에 귀를 기울였다. 닫힌 문에 귀를 대고 있던 수현은 믿을 수 없다는 듯 다급하게 소리치고 있었다.

"아니에요, 그럴 리가 없어요! 제가… 제가 알거든요. 분명히 있어요, 얼마 가지 않아 분명히 나타날 거라고요!"

그러나 문 건너편의 남자는 확고한 음성으로, '공중통로는 없다'고 말하고 있었다. 설계를 하면서 기존에 있던 옆 건물과 연결시키려는 아이디어가 제시되기는 했지만, 실제로 공사에 들어간 것은 아니었다 말하며, 그는 확실하다고 다시 한 번 힘주어 이야기했다. 말끝에 허탈한 웃음을 덧붙였는데, 어쩐지 불길했다.

"아닌데… 그, 그럴 리가 없는데?"

기억을 더듬는 그의 두 눈은 길을 잃고 흔들렸다.

"너, 이 자식! 저게 무슨 소리야, 무슨 소리냐고?"

"아니에요, 그럴 리가 없어요! 분명히 있어요, 있다고요! 내가 들었어요, 여기에서 일하면서… 매장 매니저한테 들었다고요! 있어요, 공중통로 있다고요!"

스스로 확실하지 않다고 말했던 것을 잊고 있는지, 그의 두 눈 속엔 온통 확신뿐이었다.

"너 이 새끼, 똑바로 말해! 거짓말이지! 공중통로가 있다는 거, 처음부터 거짓이었지!"

"뭐야, 그게 무슨 이야기예요? 그럼 우리 못 나가는 거예요? 그래요?"

지애의 입 속엔 벌써 울음이 가득했다. 남수는 철문에 기대어 늘어졌다. 현기증이 그의 온몸을 휘감았다. 그럴 리가 없다고 수현은 계속해서 소리쳤지만, 그의 외침은 새빨갛게 물든 계단의 소용돌이 속에 빨려들고 있었다. 그들은 알지 못하는 허공 속으로, 그동안 있는 힘을 다해 올라왔던 계단들이, 무슨 일이 있어도 버텨야 한다는 값싼 인내가, 껍질이 깨져나가던 희망들까지 모두 다 한꺼번에 소멸하고 있었다. 어느 벽 위의 계시처럼, 또 한 번 '다시'였다.

꼼짝 않는 문을 걷어차며 남수는 마구 소리를 질렀다. 차마 수현의 몸에는 손을 대지 못한 채, 그는 대답 없는 말들을 외치고 또 외쳤다. 처음부터 네놈의 계략이지 않았느냐, 우리를 이 구렁텅이에 몰아넣고 네놈은 어디로든 빠져나갈 생각이 아니었느냐, 어차피 너희 같은 것들에게는 세상이든 사람이든 복수하고 되갚아주는 것이 목적이 아니었겠느냐, 이미 핏빛으로 붉어진 공간을 더욱 잔혹하게 물들이며, 그의 악다구니는 계속되었다. '모르는 일'이라고 말하며 정화가 수현의 편에 섰지만, 남수의 귀엔 아무 말도 들리지 않았다.

문득, 그는 칼이 생각났다. 설마 저 정체를 알 수 없는 놈도, 마지막 순간까지 나를 농락하려는 시간의 의지가 아니었을까? 언제나 그러했듯이, 어쩌면 마지막이 될지도 모르는 이 생의 낭떠러지 위에서 끝까지 나를 조롱하기 위한 이 세계의 보이지 않는 손가락질?

계속해서 남수는 주머니에 든 칼을 만지작거렸다. 피범벅이 된 모두의 얼굴은 붉은 등 아래 쉽게 그려졌다. 그래, 여기서 끝내면 되는 일이다. 이 정도 농락당했다면 이미 차고 넘쳤다. 생이라는 즉물적 세계를 맛본 대가로, 이토록 여러 번 그 잔인함을 깨우쳤다면 그것만으로 충분하다.

주머니 속의 칼을 매만지며, 그는 오히려 평온해졌다. 분노를 토하는 대신, 그의 머릿속엔 여러 단락의 증언과 결심이 뒤섞였다. 그는 이미 생각의 손으로 무수히도 여러 번 그 위에 자신의 서명을 휘갈기고 있었다.

수현은 혼자서 위로 올라가, 기필코 자신의 손으로 공중통로를 찾아 내려오겠노라 앞으로 나섰다. 일말의 망설임도 없이 정화도 그를 따라 일어섰다. 그들의 표정엔 그 누구도 비집고 들어갈 수 없는 결연함이 묻어났다.

"너희들을 어떻게 믿지?" 두 눈을 부라리며 남수가 물었다. "공중통로를 찾으면, 너희들만 살겠다고 그대로 둘이 도망쳐 버릴지 누가 알아? 어차피 우리들은 어떻게 되든 말든 상관없었던 거 아냐?" 두 사람은 대답하지 않았다. 침묵으로 삼키고 있는 말들이 어떤 것이었는지, 그들은 약속이라도 한 듯 입을 꽉 다물고만 있었다.

결국 남수도 그들을 따라 나서겠다고 고집을 부렸다. 그러나 지애는 더 이상 올라갈 수 없을 것 같다고 말하며, 환이와 여기에서 기다리고 있을 테니 꼭 나갈 곳을 찾아 돌아와 달라 부탁했다. 하지만 그녀의 말에 대답을 한 것은 남수가 아니라, 오히려 정화였다. 여기에서 기다리시면 꼭 나갈 방법을 찾아 돌아오겠노라 말하며, 그녀는 지애의 손을 꼭 잡고 환이의 머리칼을 쓰다듬었다.

기약 없는 이별을 나누는 그들 너머에서, 남수는 오직 한 가지 생각뿐이었다. 기필코, 그 어떤 것에도 다시는 농락당하지 않으리라, 더 이상의 조롱을 결코 용납하지 않으리라! 주머니 속의 칼을 움켜쥐며, 핏빛 허공 위에 그는 그렇게 계속해서 자신의 결심을 쓰고 또 썼다.

"거짓말 같은 거, 난 안 해요."

의심 가득한 시선을 견디기 힘들었던지, 계단을 오르다 말고 수현은 불쑥 그렇게 말했다. 몇 계단 올라서지도 않았는데 그들의 숨소리는 이내 거칠어지고 있었다.

"나는 나 자신조차 속이지 못하는 인간이라고요. 다른 사람들은 돈이나 명예를 지키려고 자신을 속이고 세상을 속이겠지만, 나는 나를 지키기 위해 나 자신조차 속이지 못하는 병신 같은 인간이라고요!"

거친 숨소리 때문에 그의 말은 어쩐지 울먹임처럼 들렸다.

"자신을 속일 수 없는 게 아니라, 속일 수 없다고 착각하는 거겠지. 그러니 허깨비로 살고 있는 걸 깨우치지 못하는 걸 테고."

계단을 오르는 발걸음은 멈추지 않은 채, 남수도 거친 숨을 몰아쉬었다.

"거짓말 아니에요!"

"거짓말이 아니라고 믿는 거짓말이겠지. 네 꼴을 보라고. 틀린 건 아무것도 없는데, 틀렸다고 생각하며 그렇게 살려고 하는 네 꼴을 생각하라고!"

"아니에요, 아니라고요!"

이번에는 수현이 그의 어깨를 잡아챘다. 계단 위에서 휘청거리며, 두 사람은 겨우 올라갔던 길을 고스란히 떠밀려 내려오고 있었다. 맨 뒤에서 따라 오르던 정화가 소리를 질렀다.

"그만들 하세요, 자꾸 이게 뭐하는 짓이에요! 서로 힘을 합쳐도……."

"아악!"

막 뒤엉키는 두 사람을 정화가 떼어놓으려는데, 그들의 등 뒤에서 비명 소리가 들려왔다. 지애의 목소리였다. 남수는 황급히 아래쪽 계단으로 뛰었다. 수현과 정화도 뒤를 따랐다. 날듯 몇 층의 계단을 뛰어 내려가는데, 헉헉거리며 환이를 끌어안은 지애가 힘겹게 올라오고 있었다. 남수를 보자, 그녀는 온 힘을 다해 소리를 질렀다.

"불이… 불이 올라와요! 불길이 올라오고 있다고요!"

겁에 질린 그녀가 컥컥거리며 소리쳤다. 타오르는 불길 속에서 뛰쳐나온 듯 그녀의 온몸은 땀에 흠뻑 젖었다. 남수는 황급히 그녀에게서 환이를 받아들고 계단 위로 뛰었다. 수현과 정화도 서로의 손을 붙든 채, 그들을 따라 있는 힘을 다해 뛰기 시작했다.

누구랄 것도 없이, 그들은 모두 발밑에 기어오르는 뜨거운 기운을 온몸으로 느끼고 있었다. 불길은 바로 등 뒤에서 꿈틀거렸고, 노린내를 풍기며 그들의 머리카락은 타닥타닥 타들어가고 있었다. 화르륵 불 한 덩이로 타지 않기 위해, 그들은 팔을 휘저으며 난간에 매달렸다. 온 힘을 다해 계단을 뛰고 있는 그들의 머릿속에 참사의 현장은 더욱 끔찍하게 타오르고 있었다.

모든 것이 모호한 불명(不明)의 시간 속에서,
그렇게 재난은 그 누구도 거역할 수 없는 온전한 실재였다.

10

아래에서

환이의 울음소리가 귀를 찢었다. 구겨진 것처럼 품에 안겼던 아이는 남수의 손 안에서 팔이 꺾였다. 아이의 울음소리도 듣지 못한 채, 그는 무작정 위를 향해 뛰고 있었다. 숨이 턱 밑까지 차올라 고꾸라지듯 닫힌 문에 매달렸을 때, 남수는 그제야 자신이 아이의 몸통을 아무렇게나 움켜쥐고 있던 것을 깨달았다. 기어오르듯 올라온 지애의 품에 안겨서도, 환이는 꺾인 팔을 제대로 움직이지도 못하고 서럽게 울고만 있었다.

뒤늦게 뛰어 올라온 수현과 정화는 허리를 꺾으며 밭은 숨을 토했다. 그러나 옆구리를 움켜쥔 채 아래쪽을 내려다보던 수현은 연신 고개를 갸웃거렸다. 가쁜 숨을 내쉬던 남수도 계단 아래를 넘겨보며 이마를 찡그렸다. 휘청거리는 몸으로 그는 몇 계단 아래쪽으로 내려가, 멀리 더 깊은 곳까지 살펴보았다. 그러나 아무리 들여다봐도 불길 같은 것은 보이지 않았다. 불이 났다면 하다못해 매캐한 냄새라도 올라와야 할 텐데, 붉은 허공 속에 공기만이 끈적이고 더울 뿐이었다. 끝없이 회오리치며 이어진 계단 끄트머리엔 붉은 등의 불빛이 뭉쳐 있었고, 탁해진 공기 때문에 뜨거운 숨이 뱉어지기는 했지만 어디에도 꿈틀거리며 기어오르는 불기둥 같은 것은 보이지 않았다.

남수는 휘청거리며 지애에게로 다가갔다. 거친 숨을 몰아쉬고 있는 그의 두 볼은 이미 잔뜩 찌그러져 있었다.

"뭐야, 불이 난 게 확실해? 불이 난 게 확실한 거냐고!"

단순히 사실을 확인하려던 것뿐이었지만, 그의 목소리는 이미 작은 공간을 거칠게 헤집고 있었다.

"무, 무슨 그런 말이 있어? 내가 똑똑히 봤다니깐? 내가 이 두 눈으로 똑똑히 봤어, 이상한 냄새가 나서… 이상한 냄새가 나기에 아래를 내려 봤는데, 시뻘건 불이 치솟고 있었단 말이야!"

겁에 질린 그녀의 두 눈 속엔 이미 불기둥이 회오리치고 있었다. 얼마나 두려웠던 건지 그녀의 눈에선 주르륵 눈물이 흘렀다.

"정신 똑바로 차려! 여기 이거… 우리 위에 밝혀진 이거… 시뻘건 등이야! 게다가 아래로 내려다보면 그 붉은 빛이 한데

엉겨, 더 시뻘겋게 보였을 거라고! 맞아? 불이 난 게 맞는 거야? 정신 차리고 똑바로 말해!"

또다시 농락당했을지도 모른다는 분노가 그를 휘감았다. 이번에도 어김없이 속고야 말았다는 열패감이 그의 목덜미를 핥았다. 지애의 어깨를 움켜쥔 채, 그는 마구 흔들었다. 겁에 질린 그녀의 몸이 벌벌 떨고 있는데도, 비명을 지르듯 그는 쌓였던 모든 것들을 모조리 토해놓고 있었다.

"정말 이래야겠어? 이렇게 엉망진창이 된 상황에서까지 이래야 되겠느냐고! 그러니까 매일 그 모양 그 꼴이었지! 그러니까 결국 이 꼴로 모두 다 죽겠다고 집을 나섰던 거 아니냐고! 너야, 너 때문이라고! 언제나… 모든 게 다 너 때문이었다고, 이 병신아!"

전시물처럼 그녀는 그대로 굳어버렸다. 남수의 고함소리는 불길보다 더욱 뜨겁게 소용돌이치다가, 순식간에 얼어붙었다. 내동댕이치듯 그녀를 밀쳐놓고, 그는 붉은 벽을 보고 선 채 가쁜 숨을 내쉬었다. 혼자서 아주 먼 계단이라도 오르내린 듯 그는 헉헉대고 있었다.

"그래… 당신은 매번 그런 식이지?"

힘겹게 쏟아낸 그녀의 말은 돌덩이 같았다.

"항상… 그랬잖아? 당신은 매번 내 탓이었잖아? 당신 혼자 이 현실을 벗어나기 위해 있는 힘을 다해 몸부림치고 있는데… 나 같은 건 당신 발목이나 잡고 있는 짐 덩어리 같은 존재였잖아, 안 그래?"

한꺼번에 쏟아져 내리는 말들을 감당할 수 없었는지, 그녀의 입술이 파르르 떨었다.

"진짜로 불이 났다고 하더라도, 내 말이라면 당신한텐 불이 나지 않은 거잖아? 내가 아무리 아프다고 말해도, 당신 머릿속에는 내가 하나도 아프지 않으면서 꾀병이나 부리고 있는 쓰레기 같은 인간인 거잖아! 내가 아무리 이야기를 하려고 해도, 당신은 처음부터 내 말 같은 건 믿으려 하지도 않았잖아!"

소리치는 그녀의 눈빛이 불길처럼 화르륵 일었다.

"저거 나왔을 때에도, 당신 뭐라고 그랬어? 제대로 숨도 쉬지 못하는 저 핏덩이 앞에 두고 당신 뭐라고 그랬냐고! 유전자 검사 해보자고… 저게 자기 새끼인 줄 누가 아느냐고, 유전자 검사 해보자고 그랬던 게 당신이라는 인간이었다고! 기억해? 기억하냐고!"

이미 모든 것들이 타올라 사라져버렸다고 생각한 잔해 속에서, 또 다른 불길이 발갛게 번져가고 있었다.

"나 때문이라고? 이게 다 나 때문이라고?"

주머니 속에 들었던 칼에 찔린 것도 아닌데, 남수의 등짝은 움찔거렸다. 몸통을 파고드는 통증 때문에, 그는 옆구리를 짚었다. 숨통이 조여왔다. 발아래 쓰러져 엉엉 울고 있는 그녀를 보며, 입이 바짝바짝 타들어갔다. 어딘가에 폐기해버렸던 시간이 역류하고 있었다. 현재라는 담벼락을 넘어, 거대한 물줄기로 그의 앞에 넘실거리고 있었다. 자신의 이야기를 하는 줄도 모르고 환이가 울음이 묻은 눈을 동그랗게 떴고, 괜히 겸연쩍어 수현과 정화의 눈빛은 붉은 허공을 헤맸다. 칼을 쥐고 있는 것처럼 남수의 손엔 땀이 가득했다. 피라도 묻은 듯 그의 손은 붉게 번들거렸다. 그는 지금 타오르고 있는 중이었다. 그곳에 없는, 시간이란 불길에 휩싸여 그는 활활 타고 있었다.

수현은 여전히 훌쩍이고 있는 환이를 손짓으로 불렀다. 서럽게 울고 있는 엄마와 고개를 들지 못하는 아빠 사이에서, 아이는 홀로 붉은 벽에 안겨 있었다. 그는 그런 환이를 불러 품에 안았다. 그리고 가방에서 책 한 권을 꺼냈다. 호기심으로 아이의 눈이 반짝거렸고, 아이를 품에 안은 채 그는 찬찬히 책을 읽어주기 시작했다. 붉은 공간을 위로하듯 한 줄 한 줄 읽어 내려가는 그의 음성을 따라, 아이의 훌쩍임도 조금씩 잦아들었다.

거대한 바다에 홀로 남아, 물고기와 사투를 벌이는 노인의 이야기였다. 망망대해 위에 홀로 남은 고독이든, 생의 노년을 견디며 바늘에 걸린 물고기와 생존의 의지를 겨루는 일이든 어차피 아이에겐 이해할 수 없는 것이었을 텐데, 환이는 수현의 이야기에 흠뻑 빠져들었다. 마침내 물고기를 잡아 집으로 돌아오다가 조금씩 상어에게 뜯겨 먹히는 장면에서, 아이는 비틀린 몸을 부르르 떨었다. '상어 나빠.' 그렇게 울먹였는데, 수현은 입을 삐죽 내민 아이의 얼굴을 보드랍게 쓰다듬어

주었다.

한참을 그렇게 읽어 내려가며 노인이 뼈밖에 남지 않은 물고기를 가지고 가까스로 항구로 돌아오던 부분을 읽다가, 수현은 그대로 읽기를 멈추었다. 고요한 침묵을 가르며 문 건너편에서 누군가 문을 두드리고 있었다. 이번에는 이전보다 훨씬 더 가까운 소리였다. 철문이 점점 얇아지고 있는 듯, 무언가로 인해 단단했던 벽이 깎여나가고 있는 듯 힘없이 문을 두드리는 목소리는 작은 공간에 또렷하게 울려 퍼졌다. 차분한 여자의 음성이었다.

그녀는 가장 어둡고 힘겨운 시간의 의미에 관해 말했다. 우리가 이토록 고통스러운 시간을 지나고 있는 것은 더욱 밝고 환한 미래를 약속하기 위함이라고, 오늘의 밤이 이토록 짙고 어두운 것은 내일 아침의 찬란한 눈부심을 약속하는 것이라고, 그녀는 노래라도 하듯 읊조리고 있었다.

도저히 견딜 수 없이 힘겨울 때에는, 곧 다가올 아침을 생각하라고 했다. 아침의 찬란한 빛과, 이슬을 머금은 수풀의 냄새와, 또 하루를 불러오는 새들의 노랫소리를 생각하며, 지금 우리들의 머리 위에 다가온 이 시간의 암흑을 물리치라고 말했다. 우리들의 미래는 여기에 있지 않으며 언제나 꿈꾸고 희망하는 것에 있으니, 어떤 순간에도 우리가 해야 할 일은 그 미래의 아침을 잃지 않는 것이라고, 그녀는 차분하게 이야기했다.

눈을 감았는지, 자신이 말했던 그토록 찬란하고 아름다운 아침을 보고 있는지 그녀의 목소리는 지저귐처럼 오르내리며 잔뜩 들떴다. 그녀가 있는 자리엔 이미 아침이 온 건지, 그녀는 두 팔을 벌려 자신이 말했던 시간의 아침을 맞이하고 있는 듯했다.

어서 오라고, 당신들도 어서 오라고 그녀가 문 건너편에서 다그쳤다. 이 찬란한 희망의 향기를, 아침의 풍경을 함께 만끽하자고 그녀가 더욱 더 큰 소리로 그들을 부르고 있었다.

그녀의 부름에 응답하듯 환이가 기울어진 고개를 들었다. 천천히 몸을 일으켜 비틀거리면서, 아이는 문 앞으로 다가갔다. 정화도 소리가 들리는 쪽을 바라봤고 수현도 아이를 따라 반쯤 고개를 들었다. 남수와 지애는 여전히 서로를 외면한 채였지만, 그들도 찬란한 아침을 말하는 그녀의 목소리를 듣고 있었다.

"문을… 열어야죠."

위태롭게 문 앞에 섰던 환이가 닫힌 문을 향해, 말을 건네고 있었다.

"무… 문을 열어… 조야, 우리가… 가죠."

기울어진 환이의 두 볼은 뾰루퉁했다. 아이의 투덜거림을 듣고 있는지 아침을 읊조리던 문 너머의 목소리는 잠시 머뭇거렸다. 그리고 그녀는 또다시 똑같은 음조로, 자신이 해줄 수 있는 것은 없다고 말했다. 그리고는 그곳에 아침이 있다고, 당신들의 발아래에 아침이 있으니, 그 찬란하고 아름다운 아침은 이미 당신들 곁에 존재하고 있으니, 그 참된 의미를 잊으면 안 된다고 거듭 힘주어 말했다.

더 이상 듣고 있는 것이 짜증스러운지 환이는 입을 삐죽이며 돌아섰다. 다시 수현의 곁에 돌아와 앉으며, 아이는 투덜거렸다.

"모야 저… 아줌마, 쳇!"

아침을 노래하고 희망을 읊조리는 그녀의 이야기는 계속되었고 그녀는 더욱 확신에 찬 음성으로 밝아오는 내일을 역설했지만, 이제는 아무도 그녀의 목소리에 귀를 기울이지 않았다.

"그러면, 지금은 밤일까요?"

수현의 어깨에 기대 있던 정화가 붉은 빛을 올려보며 물었다.

"왜 갑자기 모든 시간이 멈춰버린 걸까요? 아무리 깊은 곳에 들어가도, 아무리 멀리 있어도 이 휴대폰 시계는 움직이는 거라고 하던데, 왜 멈춰서 꼼짝도 하지 않는 걸까요?"

그러나 아무도 대답하지 않았다. 그저 물끄러미 그녀가 내려놓은 휴대폰을 바라보고 있었다. 동그라미가 겹쳐진 수평기 안의 숫자는 마이너스 7을 가리켰다. 조금씩 계단을 올라오면서 숫자가 4에서 5로, 5에서 6으로 높아가더니, 어느 순간 멈

취서 꼼짝도 하지 않았다. 더 이상 건물이 기울어지지 않고 있는 건지 수평기마저 고장이 난 건지, 두 개의 동그라미 속에 뜬 숫자는 새겨진 듯 변함이 없었다.

"나도… 아침이 왔으면 좋겠어요. 밤이라면 말이에요. 만약에 아침이라면, 밤이 왔으면 좋겠고요. 저 사람이 말한 것처럼 그렇게 아름답고 찬란한 아침이 아니어도 괜찮으니까, 그저 지루하고 탁하기만 한 아침이라도 괜찮으니까… 아침이 오고 밤이 오고, 다시 아침이 오고 다시 밤이 오고… 그랬으면 좋겠어요."

잃어버린 달을 찾듯 그녀는 손가락으로 바닥에 동그라미를 그렸다.

"눈을 감아도 온통 빨개요. 저 불빛 때문에 어지러워서, 눈을 감으면 눈 감은 암흑 속까지 빨개서 잠도 오지 않아요. 피곤하고 지쳐서 당장 잠에 빠져들 것 같은데, 눈만 감으면 다시 정신이 또렷해져요. 밤이 오지 않아서요, 밤이 없어서요."

수현이 손을 들어 그녀의 어깨를 어루만졌다.

"가능하지… 않겠죠?"

그녀가 작은 얼굴을 들어 물었다.

"다시, 밤을 보는 거요. 아침이 오지 않아도 괜찮아요. 그건 괜찮은데, 그 밤조차… 언제나 혼자 있는 것 같아 무섭고 싫었는데, 그 밤조차 다시 볼 수 없는 거겠죠?"

망설이는 듯하다가, 수현이 조용히 대답했다.

"나는, 밤이 오지 않아도 괜찮아요. 아침이 오지 않아도 상관없고요. 저렇게… 붉은 등불 하나뿐이라도, 나는 이렇게 이 시간이 그냥 계속되어도 괜찮아요."

그가 어깨를 어루만지던 팔을 펴, 그녀를 품에 안았다. 잠시 망설이던 정화도 그의 손길에 몸을 내맡겼다. 그의 품속에 들어가 그를 꼭 안으며, 그녀는 천천히 고개를 끄덕였다. 그의 말대로 괜찮다고 말하듯이, 그래도 상관없다고 대답하듯이.

"올라가죠."

이번에 불쑥 그렇게 말하며 일어선 것은, 지애였다.

"이번엔 내가 올라가요. 환이는 수현 씨가 잠깐 맡아주세요. 내가 올라가서… 내 손으로 공중통로라는 거기를 꼭 찾을 테니까, 나갈 곳을 꼭 찾아서 돌아올 테니까."

두 무릎 속에 숨어 있던 남수가 슬그머니 고개를 들었다.

"이젠, 아무도 필요 없어요. 그 누구에게도 기대지 않을 거고, 누구에게도 의지하지 않을 거예요. 바보처럼… 원망하며 울고만 있지도 않을 거예요. 내가 찾아요, 내 힘으로 찾아요. 이제 내 삶을… 누구의 손에도 맡기지 않을 거니까, 이제 그런 바보 같은 짓은 절대 안 할 거니까."

선언이라도 하듯 그렇게 말해놓고 그녀는 성큼성큼 계단을 오르기 시작했다. 수현의 품에 앉았던 환이가 무심하게 "엄마, 빨리 와."라고 말했고, 그녀를 혼자 보낼 수는 없었던지 정화가 황급히 그녀를 따라 일어섰다. 그렇게 남수와 수현은, 붉은 불빛 아래 아이와 함께 둘만 남았다.

혼자서 허리춤에 맨 가방 속을 뒤적거리는 환이를 사이에
두고, 남수와 수현은 마주보는 벽에 기대어 가만히 앉았다.

"믿지 않으면… 외로워져요."

고개 숙인 그를 보고만 있다가, 수현이 입을 열었다.

"배신을 당하거나 외로워지거나 어차피 그건 마찬가지이겠
지만, 그래도 누굴 믿는다고 매번 배신을 당하는 건 아니잖아
요? 사람을 믿지 않으면 매번 외로워지는데……."

"입 다물어."

허공에 쏟아낸 그의 대답은 차가웠다.

"저도 잘 믿지 못했거든요. 뭐… 아직도 그래요, 그건. 제 존
재 자체도 믿을 수가 없는데, 누굴 믿을 수가 있겠어요? 모든
게, 세상 모든 것들이 나를 공격하고 비난하기 위해 거기에 존
재하는 것만 같은데… 태어난 거 자체가 형벌이라고 생각하며
살았으니까요."

"입 다물고 있으라고."

남수는 무릎을 감싼 손으로 주먹을 쥐었다. 무얼 그렇게 단
단히 움켜쥐었던지, 손가락 사이에 힘줄이 불쑥 솟았다.

"네, 네. 입 다물게요. 근데… 한 가지만 말할게요."

그의 두 눈이 흘끗 수현을 봤다.

"제가 여자든 남자든, 처음으로 아저씨랑 무언가 통하는 느

껌이네요. 물론 아저씨는 아닐 수도 있겠지만, 저는 지금 그래요. 그래서… 저는 지금 훨씬 덜 외로워졌어요."

그러나 남수의 눈빛엔 여전히 분노가 번뜩였다.

"아저씨도 외로워하지 마세요. 제가 있으니까요."

싱긋 웃고 있는 그를 보며, 남수는 징그럽다고 생각했다. 저 따위 놈에게 위로를 받아야 하다니, 그의 자괴감은 더욱 졸아들고 있었다. 그런데 이상하게도 더 이상 뜨거운 것이 치받고 올라오진 않았다. 타버린 뜨거움이 남기는 것이란 결국 그렇게 흔적 없이 사라지고 마는 잔해뿐인지, 그는 어쩐지 조금은 담담해진 것 같았다. 고맙다거나 위로를 받은 느낌은 아니었는데, 무릎 사이에 박혀 있던 그의 목덜미가 슬그머니 일어서고 있었다.

"잠깐 올라오세요."

고개를 드니 계단 난간에서 정화가 얼굴을 내밀고 있었다.

"두 분 다… 올라오셔야 할 것 같아요."

올라오라는 이야기를 듣고도 한동안 두 사람은 그렇게 서로를 바라보고만 있었다. 가방을 움켜쥔 환이가 제일 먼저 몸을 일으켜 위로 올라갔고, 두 사람도 천천히 아이의 뒤를 따랐다. 또다시 똑같은 모습으로 잠긴 문이 나타났고 이제는 타오르는 것만 같은 붉은 등 아래를 지나쳐, 그들은 정화를 따라 계속해서 계단을 올랐다. 조금씩 숨이 차오르기 시작할 무렵, 다시 제자리로 돌아온 것만 같은 공간에 지애가 서 있었다. 그녀는 맞은편 벽을 보고 있었는데, 잔뜩 긴장했는지 등이 뻣뻣하게 굳어 있었다.

그녀가 바라보고 있던 붉은 벽에, 두 사람이 있었다. 한 사람은 구석에 쪼그려 앉았고, 또 다른 사람은 멀뚱히 그들을 보며 섰다.

다시 또 그들은 자신들처럼 그곳에 갇힌 누군가와,
조우(遭遇)하고 있었다.

〈2권에 계속〉

작가 약력

김비

1971년 남과 북의 경계 위, 삶과 죽음의 경계 위, 그리고 남자와 여자의 경계 위에서 태어났다. 2000년 서른 살의 나이에 '여자'라는 이름으로 다시 태어났고, 2007년 여성동아 장편소설 공모에 「플라스틱 여인」이 당선되어 '소설가'라는 이름으로 다시 태어났다. 2012년 세계문학웹진 『국경없는문학』www.wordswithoutborders.org의 세계 퀴어문학을 소개하는 자리에 단편소설 「입술나무」의 영어판을 게재하였고, 에세이 『네 머리에 꽃을 달아라』를 출간했다. 부끄러운 기억 같은 책 몇 권을 썼으며, 영화 〈천하장사 마돈나〉를 만드는 데 함께 했다.

:: 산지니 · 해피북미디어가 펴낸 큰글씨책 ::